revue
du
sud

Christian Souchère

La Cité du silence

HC
Éditions
Hors Commerce

à Myriam, pour sa patience, son aide morale dans les moments d'incertitude et sa présence de tous les instants,

à René, Suzanne et Françoise, qui se reconnaîtront, pour leur soutien sans faille,

à Delphine et Philippe, qui ont permis à ce texte d'être enfin publié

Le pigeon est noir, cal-
ciné, carbonisé. Il est
mort, mais il vole vers
la vie.
(Soir de cafard)

Fils de l'univers
Enfant de la nuit
Tes premiers pas
Résonnent dans ma tête
Enfant de lumière
Ton premier cri
Ton dernier souffle
Me rappellent
L'intervalle de ta vie
(Aux gosses des cités)

1

La matinée avait été paisible. À Notre-Dame-de-la-Sainte-Miséricorde la messe dominicale était terminée. Le bourdon l'avait mollement annoncé, probablement par discrétion. La meute des pilleurs de troncs, jeunes loubards paumés, mêlés aux manouches qui s'abattaient sur la Seine-Saint-Denis comme les sauterelles sur la Grande Vallée californienne, allait pouvoir opérer en toute quiétude sous l'œil bienveillant des saintes et des saints. L'heure du déjeuner passée, chacun s'enfermait dans ses occupations, diverses et parfois obscures.

L'aboiement du chien creva le silence sournois, installé dans les méandres de la Cité H.L.M., tapie dans la torpeur du week-end de printemps. Le clebs se fit importun, rageur, ses cris rauques se répercutèrent et roulèrent longuement, plaintes lugubres rebondissant sur les parois rugueuses. Joie ou hargne ? La bête était heureuse de la découverte d'une poubelle mieux remplie que d'autres où devaient s'entasser les restes des ventres des smicards des tours noires ou était-elle irritée à cause de la chaleur étouffante qui devenait insupportable ? Allez savoir !

Le soleil rendait aux choses la couleur de leur grisaille. La pauvreté d'un paradis impossible. L'Éden des mal logés. Le dernier refuge avant la mort. Jusqu'au jour fatal où le gardien raye un nom sur la liste manuscrite des locataires, où un avis de décès est apposé dans le hall sur le panneau réservé à cet effet.

Comme pour répondre au chien malchanceux, la pétarade des mobs éclata, couvrant les strilles des derniers oiseaux qui s'ébrouaient dans les arbres. Branches dépouillées où s'accrochaient les premiers bourgeons, soupçon de vie dans cet univers éteint.

– Encore eux ! s'écria le père Bichon. Ça en finira donc jamais ! Vont nous bouffer la moelle !

– Y'veulent notre peau, c'est sûr ! dit Jésus, le Portugais.

– Ma femme à l'hosto, je me crève le cul pour payer ce putain de loyer qui augmente sans cesse, sans parler du surloyer, la nouveauté sur le marché de l'arnaque des soi-disant zones franches, pas pour nous bien sûr, pour tous ces connards qui pillent, violent, et nous crachent à la gueule ! J'ai même pas droit à l'A.P.L., merde, Jésus ! et ces petits cons viennent nous faire un vacarme de tous les diables sous les fenêtres, à la Bercy ! C'est pas le Zénith, ici ! C'est trop, Jésus, c'est beaucoup trop ! Il faut faire quelque chose ! On a droit au repos, nous aussi, non !?

— Les flics ! hasarda Jésus à la façon d'un gosse qui a peur de dire une bêtise, craignant la réaction de l'autre. Il n'en porta pas moins le verre de pastis à ses lèvres.

— Laisse tomber, tu veux ! C'est encore nous qu'on aura des problèmes ! Non, ce qu'il faudrait...

Le VrouOOUMMM ! d'un engin l'interrompit. Accélération poussée au maximum, encore un qui décrassait l'allumage.

Une plage de silence s'installa à nouveau. De sa fenêtre, Bichon voyait les trois gamins assis sur ce fichu banc de pierre qui semblait les attirer, juste au-dessous de lui, trois étages plus bas. Les gens du quartier n'en profitaient même pas. La peur de se salir ou de se piquer... Les crachats de ceux qui fumaient leur merde. Toujours les mêmes... Des inutiles, des loques humaines...

L'homme, plein de certitudes, voyait trois ados semblables à tous ceux de leur âge. Deux qui parlaient avec de grands gestes, l'autre paraissait rêver. Rêver à quoi ? Même cela était devenu interdit. Manque de temps... toujours plus vite... vers le gouffre ... Des suppôts de Satan, à ses yeux enfiévrés. Des voyous. Deux Arabes et un Blanc... un métis. "Comment disait Jésus, à propos ? ... Ah, oui... "mitigé"... merde, sais plus moi !"

De quoi les accuser de tous les péchés de la terre, et d'y rajouter le déficit économique du pays, l'augmentation inévitable des impôts, la levée de boucliers contre le R.D.S. et la C.S.G., les conséquences désastreuses de la démolition du Mur de Berlin, l'hémorragie de l'immigration venue du froid, la destruction du Building d'Oklahoma City avec ses cent soixante-sept victimes, dont trente-deux enfants, la stagnation de la croissance du troisième trimestre de l'année en cours, la poussée du F.N., la contre-offensive de l'extrême-gauche, l'accident mortel de la princesse de Galles, la bataille de l'Euro et les règles douloureuses de sa femme. La totale, quoi ! À quelques mètres de là deux enfants tapaient dans un ballon crade. Ils recréaient le terrain de foot qui leur était refusé sur une pelouse pelée où papiers gras et merdes de chien faisaient bon ménage. Dans un large panoramique les yeux de Bichon accrochèrent un panneau de stationnement interdit, des arbustes rabougris, un monceau d'ordures ménagères près de la Tour 2, des voitures garées en dépit du bon sens et vinrent se fixer sur le Piaggio rouge rutilant, bloqué par sa béquille. Sa structure possédait la perfection du mépris, le silence de l'insulte.

— Je te crèverai, fit-il à l'engin inerte qui le narguait. Tu es là, calme et paisible, frivole et cruel, telle une femelle sachant cacher son jeu. J'ai pourtant des atouts dans ma manche et bientôt j'abattrai les cartes. Tu crâneras moins ma belle, tu feras connaissance avec le père Bichon et tout ce que cela représente. Quoi... tu dis... répète un peu, ma jolie ! Tu t'en fous et je suis un vieux con ! Tu as sans aucun doute raison, mais fais confiance au vieux, celui qui t'arrachera du ventre ce que tu y caches. Lorsque j'en aurai fini avec toi, tu ne seras plus qu'un tas de ferraille.

– Tu parles tout seul maintenant ?

La voix de Jésus coupa net son monologue. Il sursauta, se retourna comme à regret et s'aperçut de la présence du Portugais. Il l'avait oublié celui-là. Il revint lourdement vers la table et prit le verre de pastis qu'il porta à sa bouche. Mécanisme du coude rôdé à la perfection. Il l'avala d'un trait. Un sourire béat découvrit ses chicots noirâtres. L'alcool lui fit l'effet d'une boisson lactée. C'était bon. La bouteille à-demi penchée, la boule s'emplit d'un liquide jaunâtre. D'un mouvement du poignet, il fit descendre l'anisette qui clapota au fond du verre.

– Un autre, Jésus ? dit-il en servant son ami.

– Merci, Marcel, l'arrêta ce dernier, esquissant un signe mou de la main.

– C'est pas ces petits enfoirés de merde qui vont nous gâcher le plaisir ! s'emporta-t-il. Bois un coup et dis-leur merde, nom de dieu !

– Blasphème pas, Marcel. Ça porte malheur.

*

Maladroit, l'enfant lança le ballon qui rebondit plusieurs fois, roula sur des excréments et des torche-culs avant d'aller mourir contre un tas de briques déposé là par les ouvriers du chantier. Il n'en finissait pas de s'étendre autour des bâtiments réhabilités par la commune. Le gosse se cura soigneusement le nez, éternua, puis ramassa sa balle qu'il posa en un endroit imaginaire, recula de quelques pas et shoota dedans avec force. Elle décrivit une arabesque, opéra quelques sautillements, et disparut à la base d'un des éléments en préfabriqué de l'enclos – à cet endroit, cette foutue pluie avait creusé la terre ; il regorgeait de matériaux devant servir à la réfection des tours, piquets de bois, montants de fenêtres munis de leur double-vitrage, briques en morceaux épars au milieu d'autres détritus, plaques de laine de verre, poutrelles métalliques servant au montage des échafaudages cerclant les tours, cartons mouillés, séchés et déformés, rouleaux de fil de fer mangés par la rouille. La clôture était haute pour le môme. L'ouverture trop étroite pour s'y glisser. Aussi, sans se presser, il se dirigea vers la tranchée de béton s'enfonçant au pied de la Tour 6 ouvrant sur le local des ordures ménagères et en ramena un container qu'il plaça contre le grillage après en avoir bloqué le frein. Pas bête, le gamin ! Il eut du mal à grimper sur le couvercle, mais après plusieurs tentatives, il rétablit son équilibre et s'agrippa aux planches, enjamba l'obstacle et se laissa choir de l'autre côté. Depuis peu, la nuit, des vandales pénétraient à l'intérieur et se livraient à des déprédations tandis que d'autres individus venus de nulle part pillaient sans vergogne l'entreprise choisie par la commune.

Le gosse hésita, découvrant un espace nouveau, hostile, puis s'aventura avec assurance dans le monde des grands.

*

Le bruit du ballon touchant une poutrelle métallique en déséquilibre attira à nouveau Bichon.

– Sale môme, vociféra-t-il, attends, je descends !

Le diable en personne n'aurait pas fait détaler l'enfant plus vite. Serrant le ballon contre sa poitrine, il quitta l'enclos férocement défendu, traversa la pelouse, trébucha contre les marches du perron menant à la tour où il habitait, s'y engouffra, avalé par l'obscurité de la porte d'entrée de l'immeuble.

– Et c'est nous qu'on paye la casse ! s'emporta le père Bichon. C'est avec nos impôts qu'ils rafistolent leurs pavillons, ces moins que rien ! Et ces sales gamins qui cassent tout !

– Tu as raison, approuva Jésus, nettement imbibé. D'ailleurs, la mère Duclos ... Tu la connais la Duclos, pas vrai ? ... Elle a appelé les poulets et tu sais ce qu'ils lui ont répondu, à la Duclos ?

– Non, dit bêtement Bichon, le regard bovin posé sur Jésus.

– Qu'ils ont à s'occuper de la sécurité des habitants de la commune, et que quelques briques de plus ou de moins... Elle a insisté, la Duclos, c'est une teigneuse...

– On passera, madame, qu'ils ont dit... Elle a pas vu l'ombre d'une casquette jusqu'à maintenant qu'je t'parle, la Duclos !

– C'est des moins que rien les poulets ! Juste bon à mettre des papillons sur les pare-brise des autos. Allez, j't'en sers un autre...

– Pas de refus, ça donne soif de causer.

Le jaunet coula dans les godets et se rua à l'assaut des artères. La pompe cardiaque allait fermer boutique. Trop d'alcool, pas assez de sang. Les deux hommes dépassaient la limite du raisonnable depuis qu'ils avaient entamé la deuxième bouteille. Achtung ! gueulait leur cerveau, zone dangereuse ! Mais ils étaient anesthésiés.

– On devrait se réunir, tiens, chez la Duclos justement ! Et en parler, proposa pâteusement Bichon à son pote, en s'asseyant lourdement sur une des chaises de la salle à manger. Dans le style époque, on faisait pas mieux. À faire hurler un brocanteur. Le rustique raviné se mêlait à l'ancien genre belle époque.

– Si y remettent ça, je sors le fusil ! éructa-t-il.

– Ton flingue, c'est quoi ? demanda Jésus, le regard allumé, fixé sur Bichon. Il venait de remarquer, là, dans l'entrejambe, moulé par le tissu du bleu de travail que portait l'homme, cette bosse, cette lourdeur malsaine, cette excroissance presque obscène. (Mon dieu, il est monté comme un âne, pensa-t-il.)

– Une .22, répondit orgueilleusement le membré.

– Ouais, il faut les allumer ces petits cons !

Des notes de musique africaine dispensées par une Hi-Fi super-voltage percèrent le silence recouvrant la Cité et les tympans fragiles de Bichon, qui s'exclama :

– C'est les Blacks ! La tour d'en face qu'ils sont, au sixième ! Ils remettent ça, tu sais, les Zaïrois ! Plus moyen de boire en paix avec soi-même ! Il faut que l'Office fasse quelque chose, mon pauvre Jésus, sinon on est foutus !

Ses hurlements couvraient la voix de Grace Jones interprétant *Night Clubbing*. L'effet de l'alcool provoquait chez Bichon des réactions contradictoires. Un cocktail de pulsions limitées à des comportements biologiques.

Le clébard avait repris le terrain qu'il occupait quelque part du côté des "Tours Noires". Les délits étaient monnaie courante aux "Tours Noires". La voix de la chanteuse noire américaine déclenchait des actions en série, irrépressibles, incohérentes. Le domaine d'un chien errant c'est la rue, et pour se faire remarquer, il aboie. C'est très naturel. Mais pour deux hommes ivres et emplis de haine contre tout ce qui bouge, ce qui respire, cela devient vite paroxysmique. Ajoutez-y les commérages de porte à porte, les ragots de bistrot où certains croient refaire le monde autour d'un auditoire à-demi accroché au zinc, tels des naufragés, et vous obtenez les ingrédients qui, bien mitonnés par les campagnes politiques de certains exaltés et les appels à l'intolérance, finissent par vous plonger deux pauvres bougres dans le drame le plus banal. Banalisé d'ailleurs par ceux-là mêmes qui le provoquent.

Bichon était déjà à la fenêtre, la crosse de la .22 long rifle calée solidement dans le creux de son épaule droite, la main gauche tenant le bois de l'arme, tandis que la droite envoyait son index caresser puis presser la queue de détente, libérant sa tension, crachant la mort.

*

Farid avait les embouts du casque d'écoute plantés dans les oreilles. *Caroline* se rappelait à lui, lui prenant la tête, *film à l'envers*, *magnéto de la vie*, celle qui commence, celle qui fait souffrir par manque de maturité, d'expérience. Le tube de MC Solaar le projetait au-delà de l'entourage morbide qu'il fréquentait tous les jours... Quoique le mélo se confondait dans le chaos de *l'as de Trèfle*, celui qui piquait le cœur, malgré un *cyclone de douceur*, de *Caro-Line, jalousie radio-active*, enfer à Tchernobyl...

L'enfer, Farid connaissait, à la maison, où Nicole, sa mère, originaire de la Sarthe, devait subir sans broncher le caractère d'Ahmed, les colères de l'époux exilé de l'Algérie indépendante. Un belliqueux, Ahmed ! Les interventions de Police-Secours ne se comptaient plus, ni les hospitalisations de Nicole à l'Hôpital Franco-Musulman... *J'étais cool, assis sur un banc, c'était le printemps... Overdose de douceur... Elle était ma dame, elle était ma came... Elle était ma vitamine...* continuait MC Solaar sur cette musique saccadée, qui bougeait le tempo, et mettait du baume au cœur torturé de Farid. Le walkman était accroché à sa ceinture, dans un étui de cuir, et Farid ne le quittait que pour dormir. Présence familière, rassurante, de quelque chose qui est à toi. Dans sa tête, la bande magnétique revint en arrière et Solaar interprétait différemment : *Je t'aime un peu, beaucoup, à la folie, passionnément... Je repense à elle, à nous, à nos cornets vanille...* Association d'idées. Deux jours déjà qu'il avait rencontré la jeune Tunisienne au cinéma des Quatre-Chemins. Elle devint alors son unique préoccupation, son propre univers. Avec ses 16 ans elle était déjà femme. Dans son corps et dans sa tête. Sa beauté rayonnante avait éclaté dans ses yeux, le privant de consistance, plongé dans un nuage de coton. *Un océan de pensées, Caroline je t'ai offert un building de tendresse...* Farid serait allé décrocher la lune, noyer Yasmina dans un océan de tendresse... La jeune fille l'avait transformé, vidé de toute agressivité, dépourvu de toute réaction négative. Il entendait Solaar mais c'était lui qui disait les mots, tel le voleur qui s'accapare le bien d'un autre. Il était sûr que Solaar resterait cool, qu'il ne lui en voudrait pas. L'amour fait passer tant de choses... Le monde extérieur n'existait plus. Dans la salle obscure, ce jour-là, le film qui se déroulait sur l'écran venait de prendre une signification nouvelle. Une douce chaleur irradiait dans son corps, ce corps qui mollissait, devenait aérien, son cerveau n'obéissant plus aux pulsions habituelles. Quand la main de Yasmina prit la sienne, il frémit de tout son être. Le feu des doigts dans lesquels battait la vie lui fit éclater le soleil dans la tête, teintes pastels, *amphétamines, framboises, myrtilles*, l'étourdissant de milliers de constellations. Les yeux de Mina, son doux prénom, prononcé telle une caresse, son visage flottant en surimpression dans son esprit, Farid se laissait aller, oubliait la combativité de MC... *Caroline* et sa *symphonie de couleurs*, les rouges farouches, *cœur, caro*... Fin d'une histoire et début d'une autre, palpable, vivante... Tout ce qui pouvait ou aurait pu contrarier son rêve de bonheur, détruire sa soif d'absolu. L'image de Yasmina, telle une icône, venant à sa rencontre, vêtue d'une robe de lainage moulant des formes pleines de sensualité animale, ses bras tendus vers lui...

– Alors, tu y vas ! lança Benmabrouk.

– C'est ton tour, mec ! dit Roberto.

Mina venait de se dissoudre dans l'esprit de Farid. Le charme était rompu, détruit. Il en voulut à ses deux copains. Il les tenait pour responsables d'avoir gâché ce qui lui permettait parfois d'oublier les cubes de béton de la cité-dortoir. Il aimait imaginer des collines verdoyantes, des champs de fleurs, à la place de cette terre battue, de cette gangue couleur de volcan, territoire lunaire, de ce gazon merdique où la tondeuse municipale, qui ne devait pas bénéficier de crédits suffisants, oubliait de venir le couper ras comme ces beaux jardins entrevus dans un magazine vantant la *Maison française*, feuilleté dans le hall d'attente du médecin.

À regret Farid se leva, ébloui de musique et de mots magiques, les embouts du walkman encore dans les oreilles. De sa main droite, il se frotta machinalement le derrière, brossant maladroitement des grains de poussière ou des salissures imaginaires. Le scoot rouge attendait patiemment que l'on daigne s'occuper de lui. Il l'enfourcha souplement. Ses baskets se posèrent sur les pédales. Il mit en route et faucha d'un coup du pied la béquille. La machine vibra aussitôt entre ses jambes. Il augmenta la pression des gaz en tournant un peu plus la poignée de droite. Le scoot rugit de plus belle. Farid maîtrisait l'engin et était empli d'un bien-être ineffable. Commander à son Piaggio l'investissait d'une force nouvelle. Il se sentait prêt à abattre des montagnes, à attaquer un commissariat bourré de flics, à dévaliser une banque. L'image de la belle Yasmina se précisa avec plus d'acuité. Il domptait le scoot pour elle. Enhardi par des pensées qu'il voulait justes, il se fabriquait son cinéma, se voyait cow-boy de rodéo, là-bas, en Californie ou dans les plaines du Texas, sous la brûlure du soleil, mais il ne mordait pas la poussière sous les huées de la foule parfumée au blé chaud. Il restait droit sur l'animal, le labourait de ses éperons d'argent, le rendait crazy, ses flancs pissaient le sang, Mina voletait autour de lui telle la fée surgie malicieusement d'un dessin animé de Walt Disney. Il se sentait devenir adulte. Fuyant l'enfer de la maison et ses démons tapis dans l'appartement 37, 9e étage, il goûtait au sirop de la rue, donnait ses ordres à la mécanique, filait comme le vent, faisait un bruit qui irradiait les terminaisons nerveuses des gens des tours. Il se moquait des habitants du quartier qui bouffaient, les yeux fixés sur leur télé, et s'étouffaient en reluquant Claire Chazal tandis que, Patrick Poivre d'Arvor se trouvant à Cannes, sur la Croisette, leur femme mitonnait le repas dominical. Farid savait d'instinct qu'il les rendait marteaux tous ces veaux en batterie, mais il n'en avait cure, ravi de leur faire mal, étouffant en lui tout sentiment. Un quart de tour supplémentaire et la machine sollicitée se cabra dans un vacarme qui se projeta dans les chaumières. Les sons discordants se solidifièrent et se dispersèrent alentour. Tels des Ninjas, ils entrèrent par les fenêtres grandes ouvertes, à l'attaque des tympans qu'ils félèrent, occasionnèrent des dépressions et firent monter la tension. Farid venait de démarrer sous les encouragements de ses complices. Il allait passer devant les tours 7 et 8, prendre l'avenue qui conduisait au marché, celle où Mamadou, un jeune Ivoirien, avait été planté par un Beur, aux alentours d'une heure du mat'. Farid et tous les gosses du quartier des Courtilles connaissaient Mamadou, brave garçon, mais dealer à ses heures. Pas étonnant que Rachid l'ait suriné. Rachid, un pote à Mohammed, le lobotomisé du Club des "Creeks", mouvement pur et dur calqué sur celui des bandes US. Pas des tendrons, les "Creeks" ! À présent, il devait contourner la Sécu, revenir par l'arrière de l'école maternelle, en profiter pour "se faire un joint", là, à l'abri des murs qui occultaient toute vision sournoise. Il ne craignait pas les flics, ils étaient rarement appelés pour ce type d'infraction qui faisait partie du paysage.

Quoiqu'une patrouille des C.D.I.[1]...

Eux étaient efficaces. Il se sentait bien dans sa peau. La devanture du Casino était pisseuse, rarement lavée, des caddies rouillés étaient abandonnés là par les déshérités de tous poils, utilisés pour les jeux débiles des enfants. La pharmacie, dans son dos, avait eu droit au passage des "Creeks" : rideau de fer arraché, enseigne brisée... C'était devenu "Fort Apache", le dernier bastion avant la désertification. Il franchit l'avenue au mépris de toutes les règles de sécurité, tourna autour du rond-point, nota que la bâche du store du "Super-Pressing" avait été incendiée, l'abri-bus cassé, du verre partout, sûrement les "Bull's", une des bandes adverses. Les murs du gymnase avaient été barbouillés à la bombe. Il en arrivait à oublier ses origines, qui n'étaient pas appréciées des bonnes âmes de la Cité. Mina lui avait conseillé de laisser faire le temps ; "son royaume et son roi" avait-elle ajouté, parodiant le Cid. Les prendre pour ce qu'ils étaient, des pauvres types, pas des racistes, non, des pauvres types ! Des imbéciles ! Elle connaissait, Mina, car pour les filles ça n'était pas mieux.

Farid perturbait la vie de ces braves gens qui ne lui reprochaient rien en somme, sauf qu'il leur cassait les esgourdes avec son putain de scoot rouge. Se les mettre à

_____

1. Compagnie Départementale d'Intervention.

dos n'était pas le meilleur moyen pour se faire respecter. Mais tant pis pour eux. Et pour sa pomme. Il s'en foutait. Il chevauchait le vent, l'espace lui appartenait et il était plein de ces senteurs printanières qui parfumaient l'air de la Cité. Il les aspirait goulûment, ivre de plaisir.

*

Farid avait les yeux remplis de Mina. La jeune fille approchait de lui, aérienne, impalpable. Ses mains aux doigts longs et fins, aux ongles carminés, voletaient comme des papillons, légères et nimbées de lumière. Les pieds de Mina étaient chaussés de bleu, les jambes nues caressaient l'espace, irréelles. Éperdu de volupté, Farid ne contrôlait plus l'engin qu'il pilotait, fou de Mina. Puis, brusque arrêt de l'image, flou incompréhensible, malaise passager. Sensations visuelles l'amenant à reprendre pied dans le réel, réveil physique instantané. Une pulsion le fit accélérer comme pour rejoindre la photo immatérielle qui s'évanouissait dans l'espace redevenu soudain aride et stérile. Il était inconscient du mal qui venait de pénétrer ses chairs, cette brûlure irradiant ses organes.

Dès le premier symptôme, Farid avait croché ses doigts dans le caoutchouc des poignées de son engin. Un bruit différent était venu cogner ses tympans. Un claquement sec. Déjà il ne pensait plus. Il se sentait devenir mou. Son blouson de toile se colorait de rouge. Son inconscient enregistra la chaleur du sang qui s'échappait de sa gorge. Il devait avancer, fuir vers Yasmina, son Amour : ce Rêve sublime, ce Tout aérien, cette Star laiteuse qu'il convoitait étaient à lui pour toujours. Des siècles des siècles... Il ne sentait pas la mort qui le courtisait, tentant d'effacer, en amante cruelle, sa Yasmina. Un éblouissement dû au soleil sans doute et au manque d'air surchauffé. Il voulait voir Mina, encore, encore et encore. Il devait déchirer ce voile noir qui effaçait les couleurs et le contour des choses. Derrière ce rideau opaque, la silhouette tant chérie devait attendre. D'une main il balaya devant ses yeux, chassant un insecte invisible, s'efforçant désespérément de détruire ce mur de brouillard qui le rendait fou. Mais le trou noir restait là. Définitivement. Il voulut crier, mais aucun son ne sortit de sa bouche ouverte sur un ultime appel au secours. Un liquide qui n'était pas de la salive l'étouffait. Un liquide sirupeux, désagréable. Trop fatigué. Ses poumons réclamaient l'air. L'irrigation de son encéphale ne se faisait plus. Tout son corps demandait à vivre. Mais rien ne fonctionnait plus normalement. Ses yeux se fermèrent malgré lui. Contrairement à ce qu'il redoutait, il ne ressentait pas la douleur qu'il craignait de tout son être. Ou bien, peut-être, la souffrance était là, mais il ne discernait pas ce que le moteur planqué sous son crâne ne commandait plus. Le choc bloqua net son scoot sous le regard effaré du conducteur de la 305 métal qu'il venait de heurter. Lorsque son corps retomba de l'autre côté du capot, Farid était déjà mort.

2

Le gyrophare tournait comme un danseur du Bolchoï, ses mille éclats bleutés étaient autant de larmes versées sur ce drame stupide. Les cris de douleur de la mère de Farid se mêlaient à l'agitation policière. La Sarthe aurait dû partager ce deuil, mais la Sarthe était loin et les mariages mixtes peu appréciés. Les bonnes âmes lui auraient tourné le dos, engoncées dans leur mépris. Ici, aux portes de Paris, le problème était similaire, mais moins voyant, les gens s'ignorant jusqu'à la parano. Alors, à quoi bon déplacer les choses. Dans la Cité, la détonation, sèche comme un coup de trique, avait apeuré les oiseaux, brisant leur envie de vivre. L'ogive de la .22 LR avait atteint son but à 390 mètres/seconde : Farid n'avait pas eu le temps d'avoir peur. Au pied des tours, confusion et abêtissement se confondaient à outrance. On criait au loup, à l'insécurité grandissante, aux problèmes de la jeunesse qu'engendrait soi-disant le béton vorace avec ses barres monstrueuses et ses falaises percées de trous pour voir la réalité. Tabous et angoisses naissantes émaillaient les propos de chacun, c'est-à-dire de personne en particulier, dans ces petits groupes massés çà et là, disparates et impersonnels, furieux sur tout et rien. Pantins grotesques ayant délaissé la douceur de leur foyer, d'autres la glaciale indifférence de leur famille ou l'enfer au quotidien afin de vomir ce qu'ils taisent à l'ordinaire, de voir la victime, de renifler l'odeur du sang, celle de leur voisin de palier, de se tremper dans le fracas cruel pour tenter, au contact de la souffrance d'autrui, d'oublier leur lamentable condition humaine, ne serait-ce qu'un court instant. Le corps de Farid gisait dans la poussière, petite chose parmi les choses.

Memento, homo, quia pulvis es et in pulverem reverteris[1] rappelait le prêtre en marquant de cendre le front des fidèles le jour des Cendres. O combien était vraie cette locution latine puisée dans la Genèse et dite par Dieu à Adam après le péché originel. En ce moment de douleur, l'âge n'était pas précisé. Dieu, quelle lacune ! Doit-on mourir à 15 ans ? O Seigneur, quelle injustice ! Pourquoi tolères-tu cela ? De quel droit la mort peut-elle se saisir d'un enfant quelle que soit la couleur de sa peau ? Qui peut s'arroger le droit de prendre une vie ? Cela serait trop facile ! Les marchands d'armes en vente libre peuvent-ils effacer le sang qu'ils ont sur les mains ?

---

1. "Souviens-toi, homme, que tu es poussière et que tu retourneras en poussière."

Ce sang qui retire le sommeil aux victimes, mais pas à l'auteur de l'acte.

Nicole pleurait doucement, anéantie, écartelée entre sa condition de mère et le ressentiment qu'elle éprouvait pour Ahmed à travers son fils. La mixité des relations était lourde à supporter. Farid n'en était pas la cause et elle le savait. La souffrance qui envahissait ses sens et sa pensée, l'anesthésiait, vidait son cerveau. Nicole n'entendait plus les voix autour d'elle, celles des flics demandant leurs papiers aux deux enfants, témoins involontaires et statues muettes glacées d'horreur, sentant plus que ne la vivant la cruauté gratuite, l'œuvre de ce fou qui se cachait là, à quel étage, dans quelle tour, derrière quelle fenêtre ? Un torrent de pensées contradictoires les agitait. Des gosses déjà marqués par la vie. Marqués, à vie, par le fer rouge de la mort. Farid venait de tomber à moins de trente mètres d'eux, poupée de chiffon inerte, peluche blanche souillée par un flot de sang. Benmabrouk le Tunisien, et Roberto, l'Espagnol, natif de Barcelone, gestes saccadés et réponses automatiques, faisaient front commun face aux questions stupides des policiers.

– Tu as vu qui a tiré ? demandait l'uniforme.

– Écoute, gamin, disait un autre, j'ai un train à prendre, alors accouche, et vite !

– Un train, s'étonna Benmabrouk ... Vous devez prendre le train ?...

– Ouais, il a un train à prendre, répéta le bleu, et sa bonne femme n'aime pas qu'il soit en retard à la maison.

Alors, plus vite on aura fini, mieux on se portera. Ton pote, s'il avait pas fait le con, nous on serait à la maison, tu comprends ?

– Que voulez-vous qu'il vous dise, le marmot ?

(Le civil qui venait de les apostropher faisait montre d'autorité, celle que l'on attend d'un chef.) Son copain est tombé à quelques mètres du banc où ils posaient leurs fesses. Relevez verbalement leurs identités et foutez-leur la paix ! On convoquera les parents s'il le faut, mais pour l'instant lâchez-les !

– Oui, Monsieur le Divisionnaire, répondit le gardien de la paix qui venait de rater son train.

Que pouvaient-ils dire, les marmots, comme les appelait le Divisionnaire ? Qu'ils étaient assis, là, sur ce banc de pierre. Qu'ils essayaient de larguer leur galère. Qu'ils rêvassaient, le rêve n'est-il pas une des meilleures thérapies en ce bas monde ? Chacun est plongé dans son univers, son jardin secret. Un monde. Leur monde, celui où les adultes étaient absents. Et pourtant, quelqu'un n'a-t-il pas écrit "Toutes les nouvelles de mon quartier intéressent le monde entier" ? Leur crime… L'évasion. Oui, le scoot était à eux. Volé ? Non, Monsieur l'Inspecteur, c'est le père à Roberto qui l'a payé. Les papiers sont à la maison.

– J'ai vérifié le numéro moteur, disait un autre policier qui venait de les rejoindre. No problem ... L'est pas tiré !

Les regards des flics se détendirent, leurs faces débonnaires les rendirent sympathiques. Dans l'esprit des jeunes, le Divisionnaire était un homme bon. Les autres, des méchants. Quoique… Il pouvait y avoir des exceptions. Ils ne comprenaient pas qu'on ait un train à prendre quand leur ami, mort inutilement, n'était jamais monté à bord de l'un de ces trains à très grande vitesse qu'ils voyaient chevauchant les rails à la télé.

— Qui a tiré ? questionnait un flic.

— Sais pas, M'sieur.

— Vous avez bien entendu un coup de feu, non ?

— Vous étiez seuls ?

— Oui, Monsieur, disait Roberto apeuré sous le feu nourri des questions.

— Vous faisiez du boucan et cela gênait les voisins, tentait d'affirmer un civil.

Dès que le Patron eut tourné les talons, ils revinrent à la charge. Trois lignes dans un rapport, ça fait négligé. Il fallait meubler. Réputation poulaga oblige.

— Un chien a aboyé, lança Benmabrouk, comme si cela avait une quelconque importance.

Sa réponse fut soigneusement notée par un uniforme longiligne et chevalin.

— Vous serez convoqués au commissariat avec vos parents ou des personnes ayant autorité, leur lança un flic en civil, visiblement pressé, avant de courir vers une voiture sombre qui démarra sur les chapeaux de roue.

Benmabrouk n'avait pas de crainte, Roberto gardait son sang-froid comme un grand. Que pouvaient-ils avoir à redouter ? La balle suivante leur était-elle destinée ou bien le tueur allait-il affiner son jeu, faire preuve de machiavélisme, avait-il un esprit tortueux et perfide ? L'irrémédiable s'était accompli. C'est alors qu'ils virent la CX noire qui venait de stopper près de celle où le Divisionnaire s'était engouffré. Il semblait parler tout seul en tenant un objet qu'il approchait de sa bouche. À y regarder de plus près, Benmabrouk aurait vu qu'il s'agissait d'un micro.

– Le substitut vient d'arriver. Terminé !

– Tenez-nous au courant du déroulement des opérations sur place, nous sommes, comme vous le savez, reliés au cabinet du Préfet qui est entré en transe dès l'annonce de l'incident...

L'opérateur-radio de l'État-Major de la Police Judiciaire, niché dans les combles de l'honorable édifice du 36, quai des Orfèvres avait la lourde charge de consigner sur sa feuille-radio tous les détails des moindres infos lui parvenant, depuis le théâtre des interventions, des équipes sur le terrain, et d'en provoquer la collecte.

Les deux gosses virent un homme nettement plus âgé s'adresser au Divisionnaire, puis se diriger, légèrement voûté, vers la couverture masquant le corps de Farid, telle une honte vivante.

Benmabrouk et Roberto pensèrent au même instant que c'était un personnage important et que Farid ne serait pas ramassé comme une merde sur le trottoir.

– Ça lui a pété la carotide, disait Bichon, sur le ton de la confidence, mais qui en réalité voulait se faire mousser auprès de la caissière du Franprix des Six-Routes. Gironde, la caissière, pensait Bichon à chaque visite. Il se la ferait bien, la Simone ! À savoir si, en retour… Bof, à quoi bon se poser des questions ! Tu te fais du mal, vieux con ! disait une toute petite voix qu'il était bien le seul à entendre.

La jeune femme avait la gorge nouée et ouvrait de grands yeux couleur noisette (attention aux écureuils, mignonne !) tandis qu'elle tapait les prix des produits choisis sans beaucoup d'originalité par le père Bichon. Elle fit une erreur sur la référence d'une marque de lessive devant chasser impitoyablement la crasse avant qu'elle se redépose, annula, recommença.

– Ne me roule pas, petite, menaça gentiment Bichon.

Sans transition il reprit :

– Il a tout de même tenu trente mètres, le gosse ! Et il s'est payé le luxe d'emboutir l'avant d'une Peugeot. Tu sais, celle de l'entrepreneur de l'avenue Salvador Allende ! Va avoir plein de problèmes, le vieux Paulo !

– C'est terrible cette histoire, Monsieur Bichon. Mourir si jeune ! Pour un petit peu de bruit avec des mobylettes. Je trouve ça dingue, Monsieur Bichon ! C'est un fêlé, celui qui a fait ça ! Ou… un beau salaud, et il court toujours !

Les mots firent mal à Bichon, mais il tenta de surmonter le choc. Il les ressentit comme des morsures de serpent. Il continua d'entasser ses provisions dans son cabas, faisant celui qui n'entend rien. Indifférent en apparence. Profondément meurtri en réalité.

Simone reprit :

– C'est quoi votre opinion, Monsieur Bichon ?

La réponse, s'il y en eut une, fut emportée par le cliquetis rageur de la caisse-enregistreuse, la somme s'inscrivit en chiffres de couleur verte et la bande se déroula par à-coups, vomissant une colonne de chiffres et débitant le total dû par le client.

– Vous avez vu ce qui s'est passé cette nuit, à Garges, Monsieur Bichon ?!

L'autre faisait le sourd.

– Une vingtaine de voitures ont été incendiées, des vitrines de magasins brisées, des marchandises pillées et plusieurs membres des forces de l'ordre blessés. Tout ça pour répondre au meurtre d'un ado de 16 ans, un nommé Patrick, je crois, dont le corps a été retrouvé par deux gendarmes en repos au cours de leur footing dans le parc de la Courneuve. Une chance que l'on n'ait pas eu ça, Monsieur Bichon ! Vous vous rendez compte, si les jeunes d'ici avaient déclenché une guérilla urbaine ! À cause de cet enfoiré de merde !

– Oh, Simone! Voyons !... la tança-t-il.

– Moi, je dis que c'est une ordure, s'emporta la jeune fille, déchirant le rouleau de papier blanc d'un geste sec. Ou alors, un pauvre type !

– Ça fait combien, petite ?

– Deux cent quatre-vingts francs.

– C'est pas donné aujourd'hui la nourriture... C'est pourtant pas du luxe ce que j'achète, tu en es le témoin journalier, petite, et regarde, je prends même pas le *Télé Magazine*. J'ai les frais de l'hôpital, ça fait cher la journée pour mourir, et la redevance de la télé à payer. Il faut payer, sans cesse... À ma mort, ils sont capables de soulever le couvercle et de me tendre encore une de leurs factures à la con ... Ah, petite ! Tu verras... Tout me tombe dessus !

– On a reçu la redevance couleur et les impôts locaux à la maison, dit Simone pour lui montrer qu'il n'était pas le seul à subir les méfaits légaux de Bercy où siégeait D.S.K. Papa a gueulé. C'est le seul droit qu'il nous reste et encore faut-il le faire sans bruit, sinon on dirait que nous sommes de dangereux révolutionnaires. (Une évidence pour cette fille à ce qui semblait à Bichon. Sans développer outre mesure... Faute de temps... Dans la file, un abruti pourrait ne pas apprécier...) Malheureusement on est obligés de raquer, vous le savez, poursuivait-elle, sinon... On a droit au pourcentage-punition qui s'y rajoute. (Soupir)

– Tiens, voilà un Pascal. Le dernier qui me reste. N'oublie pas de rendre la monnaie.

– Monsieur Bichon, fit Simone, offusquée (chiqué bien sûr... mais quel talent !).

– Allez, à demain ma belle !

– Dites, le retint encore la jeune caissière, qui c'est qui a fait le coup ? Vous avez pas une petite idée ...

– J'en sais fichtre rien, répondit le "Vieux" qui se battait avec les anses de son cabas à provisions, mais je lui donne pas tort. La Cité a bien changé, Simone. On n'est plus chez nous ! À l'inverse, les autres ne sont d'ailleurs plus chez eux. Tu verras ça plus tard, petite, et tu comprendras pourquoi les vieux comme moi ou tes parents tiennent ce langage. Tiens, regarde qui est là ! Jésus !

– À demain, Monsieur Bichon !

Au moment où il fuyait le magasin et sa rumeur rassurante, au moment où il croyait porter, inscrit en lettres de feu, son forfait sur ses traits fatigués, à l'instant où il redoutait Simone et son implacable logique, son agressivité marquée envers le couillon qui avait tué, et les néons qui jetaient trop de lumière à son gré, donnant l'impression de l'aveugler pour le faire parler, voilà Jésus qui pointait sa carcasse. Quel con ! On ne devait surtout pas les voir ensemble.

Jésus s'appuyait sur un train de caddies qui attendaient les clients, imbriqués les uns dans les autres tels des poupées russes. Aux yeux de Bichon, il était ivre comme un cochon. Il devait le faire sortir le plus vite possible et sans créer de scandale. L'ayant rejoint, il le prit sous l'aisselle gauche et l'entraîna tant bien que mal au-dehors.

L'un soutenant l'autre, ils remontèrent l'avenue Paul-Vaillant-Couturier.

*

Après avoir "rentré chez lui" Jésus, et longé les terrains de foot de la RATP, Bichon tomba, par le plus pur
des hasards, sur cette bonne Madame Coquet.

Son sac-à-roulettes qui la déhanchait et son cabas Tati
en sus, la mère Coquet avait fière allure dans le décor
déglingué. Elle lui barrait la route, impossible de l'éviter.
Il se tint prêt à l'affrontement, sans arrière-garde, il était
seul, il avança, décidé à en découdre le cas échéant. Il
chancela sous l'attaque.

– Vous savez pas ce qu'elle a dit, la Roussel ?

Bichon était las. Il avait la bouche pâteuse. Son appareil dentaire le blessait ; celui du bas. Il avait toujours eu
du mal à le supporter, malgré quelques retouches indispensables, nombre de ponçages, au cours de plusieurs
séjours forcés sur le fauteuil de torture du praticien,
n'avaient en rien arrangé les choses. Il n'écoutait cette
bonne Madame Coquet que parce qu'il s'y sentait obligé.
Elle était mal fagotée dans des vêtements d'au minimum
trois tailles en dessous, qu'occupait un corps difforme et
replet, conséquence de dix ou douze accouchements qui
s'étaient suivis le temps de remettre la machine en route,
en oubliant les fausses-couches. Il croyait se souvenir
qu'elle habitait dans cette putain de Tour 4. Oh, pas la
plus pourrie, loin de là ! Mais c'était là où résidait l'un des
adjoints au Maire de la commune, par souci d'égalité.
Fallait pas lui en parler, à Bichon ! Sinon c'était Waco,

l'Apocalypse, la destruction complète, Mururoa puissance 1000 ! Bien sûr qu'il la connaissait, cette vieille taupe ! C'était au cours d'une réunion des locataires qu'il l'avait probablement rencontrée. Ce soir-là Bichon avait pris le micro. Il avait parlé des problèmes auxquels il se trouvait confronté régulièrement, les insultes des gosses qui étaient autant de poignards qui lui transperçaient la peau, sa vieille peau usagée, cette robe de bure qu'il aurait voulu jeter aux orties tant elle le meurtrissait. Leurs menaces, cette manière de s'exprimer dans une langue absurde, à défaut d'en avoir appris une autre, copie conforme des ghettos de Harlem ou du Bronx, où la vie ne valait pas un kopeck. Quelle référence ! Les mots, les phrases, résonnaient encore en écho dans ses oreilles, faisant cause commune avec des bourdonnements fréquents qui l'agaçaient, le rendaient irritable. ("Zarma, on va te péter ta caisse ! À donf qu'on va t'enculer, têt' de mort ! À la façon dont tu nous regardes, on dirait que tu nous pisses dessus ! On n'est pas des yenchs !") Ils avaient bousillé sa poubelle, une Simca, le modèle Aronde, une tire qui était le must à son époque. Il l'entretenait avec amour, la vénérait sa relique. Pas une rayure, flambant neuve ! Et puis, le drame, l'offense, celle qui vous vrille les tripes ! Une nuit de pleine lune, celle qui rend les gens braques, fêlés, hyper-dangereux, sa voiture avait brûlé. Il n'avait pu que constater l'ampleur des dégâts, faire les démarches, porter plainte, se bagarrer avec les experts des assurances. Il avait perdu son bien, celui qu'il avait mis une partie de sa vie de con à se payer. Pfutt ! Plus rien ! Autour de lui, on avait dit qu'il fallait bien que les gamins s'amusent. Autre époque, autres jeux, Bichon avait ingurgité en quelques minutes autant de rancœur envers la société qu'il n'aurait pu en avaler au cours de plusieurs existences, c'est pourquoi il s'était comporté en orateur hors-pair, crachant sa hargne. Il avait véritablement "subjugué" ses "gens", très grand seigneur, autoritaire, fougueux. À travers son discours, ses interrogations semblaient des réponses évidentes d'où s'écoulaient le ressentiment, le fiel, tel une plante vénéneuse, vivace, envahissant progressivement le cerveau, vidant le cœur, annihilant toute pitié, bouffant tout sentiment humain. L'assemblée buvait ses paroles comme du petit lait, apportant sa pierre à l'édifice, consolidant de manière sournoise, verrouillant définitivement toute tentative d'échappée, le moindre changement de pensée, la plus ténue des dérives, atteignant le redouté point de non-retour. Ses propos réveillaient chez certains des rancœurs oubliées, d'anciennes douleurs, augmentant par le jeu du dialogue la puissance évaluée sur l'échelle des valeurs des souffrances endormies, jusqu'au terme final coïncidant avec la dialectique de l'orateur, chaque octave devant déclencher une réaction dans l'assistance, un peu à la manière du positionnement des divers éléments d'un engin explosif, qui doit sauter au moment prévu. Un mot, une note de musique et BOUM !! Les cœurs battaient à l'unisson. Cause commune. Union sacrée.

Fin du speech.

Applaudissements.

Les mains étaient rouges, chauffées à blanc.

Puis la tension retomba.

On parla alors augmentation des charges et des loyers, des provisions de chauffage, des réajustements, des hypothétiques réductions que l'on n'obtenait jamais, etc...

(Comment je vais m'en débarrasser de cette vieille peau ? pensait-il.) La "vieille peau" continuait :

– Vous m'écoutez, Monsieur Bichon ?

– Oui, oui... bien sûr, Madame ! Quoiqu'avec mes bourdonnements dans les oreilles, vous savez... Ça fatigue beaucoup...

– Trente-quatre, qu'ils sont, Monsieur Bichon ! Vous vous rendez compte!

Bichon tombait du placard, il ne savait pas, mais sa curiosité, celle du "gardien sacré" de la Cité était éveillée, ses crises bucco-dentaires oubliées. Il demanda :

– Trente-quatre quoi..., Madame Coquet ?

– Des Africains, Monsieur Bichon... Ils ont tous le crâne rasé, des battes de base-ball. On est dans le Bronx, Monsieur Bichon !

– Le "Bronx", dit-il, le regard dans le vide.

– Demandez à la Roussel, Monsieur Bichon, elle vous dira...

Le défilé gonflait de minute en minute, occupant toute la largeur de la chaussée. Le bouche-à-oreilles avait fonctionné. Les associations de quartier avaient mis les bouchées doubles. Tout ce petit monde bariolé était là, avait répondu présent. Sur la banderole de tête on pouvait lire, lettres noires sur drap blanc :

UN JEUNE BEUR A ÉTÉ TUÉ
ENCORE UN ACTE RACISTE
ASSASSIN, DÉCOUVRE-TOI DEVANT LUI !

Le Maire – qui avait remplacé celui qui était une figure de proue de la commune, voilà bien une trentaine d'années, et la tenait à cette époque d'une poigne de fer – avait cru bon de passer sur pas mal de choses et de faire preuve d'un laxisme déconcertant face à une situation qui devenait, avec le temps, explosive. Ceint de son écharpe tricolore, obligation conférée par son mandat, il ouvrait la marche silencieuse, telle que l'avait voulue les parents de la victime, accompagné d'autres élus locaux. Derrière eux, des centaines de jeunes, d'origine arabe pour la plupart, mais aussi des Blacks, et peut-être quelques Asiatiques. La communauté asiate était peu importante, mais on craignait toujours une activité souterraine destructrice. Aucun slogan n'était lancé. Cette foule compacte avait quelque chose d'irréel, de surnaturel, comme une malédiction qui planait alentour, avec, à chaque seconde, le choix de frapper. Elle accusait mieux qu'un juge l'individu ignoble qui avait été jusqu'au bout de son acte criminel. Totalement gratuit.

Elle disait : "JE VOUDRAIS AU MOINS QU'IL NE SOIT PAS PARTI POUR RIEN !" Leitmotiv brûlant comme le métal de la cartouche qui avait frappé Farid et que tous conservaient au fond de leurs pensées : "QUE NOTRE FRÈRE NE SOIT PAS PARTI POUR RIEN". Elle incarnait une force tranquille, avec cette détermination qui sied aux minorités. Une présence immobile, plutôt menaçante. Certains auraient parlé de beauté, de grandeur d'âme... Mais Bichon, lui, derrière ses carreaux, avait la gorge nouée, le trouillomètre à zéro. Il redoutait que tous les visages, tous les regards convergent vers lui, sur lui, que ces yeux fiévreux ne lui arrachent son âme, guidés de l'au-delà par celui qu'il avait abattu. Elle criait son mépris dans ce silence oppressant. Un calme à couper au couteau. Indifférence apparente. Elle offrait à l'assassin des milliers de poitrines où battaient des cœurs, où des artères véhiculaient du sang rouge, où des organes vitaux n'auraient aucune chance de résister à une balle, cône de métal qui traverserait cette peau et déchiquèterait une vie enfouie derrière cette enveloppe charnelle. En surimpression, tel un clone immatériel, les traits de Farid surgissaient de l'espace et avant que quiconque puisse s'en rendre compte ils se dissolvaient aussi brutalement, jouaient avec les nuages qui assombrissaient le ciel, couvercle gris-sombre se refermant sur le faîte des tours de la Cité.

Coupable ou complice, la Cité se taisait, avalant les rumeurs malveillantes, pour mieux les recracher. Les mobs n'étaient plus que des carcasses de ferraille, leurs moteurs n'étant plus sollicités par les voyous. Plus personne ne respirait. La circulation automobile avait été déviée. Les oiseaux avaient cessé leurs trilles enjoués.

À une centaine de mètres de là, en retrait pour ne pas être accusés de traumatiser la jeunesse en colère, deux escadrons de gendarmerie se trouvaient mis "sous pression" afin de parer à tout éventualité, au moindre débordement des organisateurs. La Cité baignait dans une marée humaine. Un flot incessant qui s'écoulait dans la tranquillité au pied des tours. Aucune présence policière dans le cortège, sinon un ou deux civils infiltrés pour rendre compte de la température. C'était la marche du souvenir, le devoir de mémoire. Ils veulent parler de lui. Il faut qu'ils disent qui était Farid. Qui aimait Farid. Ils ont besoin de raconter son quartier, ses amis, ses doutes, ses espoirs. "Assassin", groupe de rap, était là. "Il y a des blancs, des noirs, des jaunes, des riches, des pauvres... Sur ce parcours ... Nous parlons à tout le monde de la même façon... Es-tu libre ?... Es-tu vraiment libre ?..." Invisibilité culturelle, on se voit nulle part, ni au cinoche, ni à la pub, ni au journal de 20 heures... La guitare de Farid, le bowling qu'il fréquentait, les quilles qu'il abattait, tels des adversaires imaginaires. Et cet espoir, ce que personne au monde ne pourrait lui enlever : AVOIR UN ENFANT DE YASMINA. Le fantôme de Farid évoluait autour d'eux, tel un ange gardien. Djinn bienfaisant, il leur montrait du doigt l'homme qui était penché à sa fenêtre. "C'EST LUI LE CRIMINEL !" Mais ils ne voyaient pas Farid, ni celui qu'il désignait. Des femmes pleuraient. D'autres murmuraient. Ce ruban humain cheminait en silence sur l'asphalte qui pouvait s'ouvrir et les engloutir. L'air ambiant puait le soufre. Chaussés de baskets, de tennis, de Nike, ils avançaient. Vers quel but ? Le savaient-ils eux-mêmes ? La boule d'angoisse de Benmabrouk lui bloquait la gorge. Il était là. Farid était son cousin, faisait partie de la communauté arabe du quartier. Roberto était présent lui aussi, solidaire, dans la douleur et les meurtrissures, de la famille de la victime. Yasmina poussait à la main un scoot identique à celui que pilotait Farid. Par défi. Par loyauté. Pour sentir quelque chose qui lui permette de ne pas hurler à la mort telle une louve qui perd ses petits. Ben avait vu le corps privé de vie. Il avait pleuré, puis la rage l'avait envahi, s'emparant de son esprit, brouillant toute autre sensation. Sa tête lui faisait mal, une douleur permanente vrillait son crâne. Yasmina avançait les yeux dans le vide, aspirée par le trou noir du désespoir. Emportée par ces gens, inconnus, amis ou ennemis, rassemblés sans aucune pression, venus spontanément d'ici ou d'ailleurs, d'autres cités, d'autres ghettos, dans un même élan, celui du cœur, celui de la révolte.

3

Paris
0h40 – Avenue des Champs-Élysées

La voiture de patrouille avec "Police" sur ses flancs, telle une morsure au fer rouge, stationnait le long du trottoir. Tous feux éteints. L'agitation habituelle des Champs régnait autour d'eux. Eux, c'était les poulets. Chaque ombre était ou pouvait être une menace. Le moindre trou sombre comportait un danger d'agression potentielle. Les Champs n'étaient plus ce qu'ils étaient, ils devenaient la proie d'individus plus que douteux, nageant dans les eaux glauques d'une anarchie pourrissante à force de libéralisme trompeur.

Les gardiens de la paix publique, Georgis, Réville, Brévin et le Brigadier Mirande s'emmerdaient ferme dans la Renault. La vacation de service les amenait à passer la nuit sur des sièges défoncés, au tissu arraché, usé jusqu'à la trame par la fréquence des interventions ultra-rapides et le frottement de la crosse des armes. Cela sentait le chacal, c'était dû aux heures de veille des jours précédents et au manque d'entretien. Mirande avait mis en garde ses hommes : "À compter de maintenant tout ce qui traîne est suspect ! Enfoncez-vous ça dans le crâne, bande de nases !" Il le répétait à chaque fois qu'ils étaient ensemble. Des paroles de routine, mais ils fonctionnaient en équipe, soudée, pas très réglementaire, mais efficace. Chacun rompu aux réflexes des autres. Le minimum pour sauver sa peau.

Avec les resto-bouffes O'Kitch et autres Fast-Food, la guerre du hamburger "Giant" ou "Maxi-Giant" contre le jambon-beurre, le tablier noir contre le cuir-baskets, rollers et autres conneries made in USA, les Champs devenaient rapidement la copie française des rues les plus chaudes de Los Angeles. La plus belle vitrine de France, l'écrin de Paris, le reflet de la ville-lumière enviée du monde entier, copiée et rêvée, s'éteignait pour devenir un vulgaire mélange de Frisco, New York et New Orleans.

— Mate un peu le Black, lança Réville, là, près du Kitch !

Les trois autres jetèrent un œil dans la direction indiquée par leur collègue. Sans enthousiasme excessif. Le resto était à moins de dix mètres et l'éclairage leur restituait la scène en direct, comme au théâtre. Et ils avaient rien à débourser.

— Tire-toi, connard, on t'a assez vu ici ! jetait le loufiat de garde, flanqué d'une jeune femme, probablement la responsable qui veillait à la bonne marche des opérations "fourchettes-couteaux", à un jeune Noir qui roulait des mécaniques et s'était assis d'autorité à la table d'un couple d'Anglais qui ingurgitait un Big-Hamburger noyé de ketchup, de quoi tuer le virus spongiforme de la vache folle.

— L'enfoiré, grognait le loufiat vêtu aux couleurs de la maison, il a croqué dans le Burger de la femme et bouffé son cornet de frites sans même s'excuser d'avoir osé lui arracher son collier de perles !

Casquette de base-ball sur le côté, survêtement rouge à liseré jaune et baskets, le Black avait détalé vers un groupe de rappeurs en pleine exhibition, mêlant le hip-hop dans une frénésie totalement décalée par rapport au milieu urbain dans lequel ils se trouvaient. *Xéros* de MN8 ou Aktuel Force !

Des touristes hollandais applaudissaient tandis que derrière leur dos les spécialistes de la poche-revolver s'affairaient à leur besogne. Ils prélevaient la dîme des pauvres sur les riches étrangers qui osaient mettre les pieds sur les Champs. Jupes larges et longues, gobelets McDo dans la main, les "sauterelles" issues des bidonvilles de Nanterre, détournaient l'attention des passants, quelquefois en les racolant comme des putes, afin de leur soutirer l'aumône d'une main, les bijoux et valeurs de l'autre. Traveller's-chèques, portefeuilles, cartes, Euro ou Master, passaient avec une facilité déconcertante de pogne à pogne. Les gogos se faisaient plumer et s'amusaient du spectacle qui leur était offert gratos par les comparses des tire-goussets.

– Ça, c'est Paris ! lâcha Mirande. J'ai envie de fuir vers la France profonde, la Corrèze, ma province natale, mes racines, y déguster un civet de lapin ou un canard aux cèpes. Vingt ans que je suis monté à Paris ! J'en ai vu des saloperies, mais rien de comparable. Toute cette faune, qui franchissait la frontière du périphérique, débarquait de la banlieue merdique et s'emparait du bitume.

Chacun y alla de son commentaire. Les opinions sur la question étaient unanimes, bien que modérées. Mirande aboya soudain :

– Fermez vos gueules, bon dieu !

L'appel général de TNZ1, PC Radio enfoui sous terre quelque part dans Paris, emplit brutalement la caisse. Tous savaient qu'un AG était prioritaire parce que ponctuel sur une situation sensible et couvrait tout le trafic des fréquences district. Georgis fit tourner le moteur au ralenti en cas d'arrachage.

– TV 827 de TN08, avez-vous capté le message de Z pour la recherche d'un véhicule suspect ?

– Négatif TN08, message hachuré : Peugeot … X... 93 ..., type N.A... Agression... Alma ...

– TV 827... de TND1... Soyez à l'écoute permanente... 504 bleu marine, numéro 395 EBX 93, trois individus à bord, type N.A., agression commise Place de l'Alma... Prudence à tous les effectifs... sont susceptibles être armés...

– Reçu pour 827, TND1!

– Merci, les gars, D1 nous tombe dessus ! Pas bon…
Allez, go, on s'arrache !

La Renault bondit, tel un pur-sang apache bouffant
l'asphalte, boîte de vitesse martyrisée, sirène hurlante,
façon Formule 1 dans l'enfer de Daytona.

*

Au "deux-tons" elle coupa les Champs sur la gauche
– au mépris des piétons qui ne devaient leur salut que
dans la fuite – enfilant l'avenue Georges-V. Un kaléidoscope de lumières violentes pénétrait le véhicule de
ronde nocturne. Ils ne prêtèrent la moindre attention au
12 où le cow-boy de service montait la garde au plus que
célèbre "Crazy Horse Saloon". C'était pas pour leurs
bourses. À salaires minables, plaisirs minables.

– Je me ferais bien Rita Torpédo, dit Georgis, tout
émoustillé et qui connaissait l'écurie de la boîte.

– Arrête de rêver, bonhomme, le doucha Brévin, ou
alors fais-toi le casse du siècle !

– Il sera même pas fichu de bander une fois qu'il sera
devant ! lança Mirande.

Pour combattre l'angoisse qui leur vrillait les tripes,
ils se charriaient. Les immeubles cossus et les contre-
allées, lourdement chargées de Rolls, Jaguar, Camaro,
BMW haut de gamme, et autres futilités, défilaient dans
la lueur des phares, semblables à autant d'ombres sour-
noises.

– La voilà ! lança Mirande, qui s'abîmait les mirettes à travers le pare-brise rendu opaque par les fientes de pigeon, qu'étalaient les essuie-glace et le manque d'eau du réservoir.

La 504 s'engageait dans l'avenue de New-York, grillant tous les feux rouges.

– On la tient, les gars, elle est à nous ! cria Mirande, l'adrénaline en surtension.

Personne ne voulut le contredire : rien n'est plus aléatoire que de coincer une tire dont le conducteur n'a rien à perdre. En ce moment il virait à droite avenue Albert-de-Mun, débouchait avenue du Président-Wilson.

– À tous les coups il file sur Troca ! lâcha Georgis. Il nous écrase quelques touristes et on aura des emmerdes avec les tours opérator.

– Gagné, dit Brévin…

– TN16, de TV745…

– Transmettez TV745 !

– TV 745 a suivi le trafic… sommes avenue Henri-Martin. Nous ferons la jonction avec la TV827 à Pompe ! Reçu … TN16 ?

– Intercepté à TN16 ! … 827… vous avez capté l'info de la 745 ?

Bien sûr qu'ils avaient reçu… mais ils auraient pu inventer une panne de radio ou être branchés sur la 12, la fréquence de dégagement, afin d'éviter que la prise leur échappe. L'instinct du chasseur…

– Tu vas voir, cracha Brévin, tu vas voir qu'ils nous baisent, ces enfoirés !

Mirande se demandait d'où pouvait sortir cette fantomatique 745 du 16. Les patrouilles de nuit ne portaient pas cet indicatif. Alors quoi, merde ! Le visage crispé, il arracha le micro et grogna :

– Intercepté pour 827 !

*

Les douleurs devenaient insupportables, le sang battait à ses tempes. Le marteau qui cognait dans son crâne lui en voulait. Fallait croire. Zaraoui serra les dents. Pour qui passerait-il devant les copains qui l'entouraient ? Pour un minable, comme son père. Non, ça il voulait pas ! À Montrouge, avec Richard et Mouloud, ils avaient fait la fête. Oh, ils avaient pas picolé plus qu'il n'en faut pour vous imbiber de la tête aux orteils, non, quelques canettes de Kro. Mais la bibine, c'était de la pisse d'âne ! Chaude et amère. Passée une certaine heure, le tabac du coin avait fermé, provoquant le manque chez les accros de la nicotine. Des clopes, ils en trouveraient Porte d'Orléans. Et là, la mousse serait fraîche. Le pied, les mecs !

– Mate la mousmée, Zara ! lança Richard, en z'yeutant par la vitre grande ouverte sur la nuit et ses bizarreries.

– C'est une tepu, lâcha Mouloud, qui savait faire la différence entre une meuf qui attend son Jules et celle

51

qui guigne son julot, sa tirelire pleine à ras-bord. Un pro, Mouloud.

– Merde, elle est chouette ! s'extasia Richard qui évitait le verlan.

– T'as deux cents balles à étaler sur le tapis ?

– On peut se cotiser, non ?

– Ouais, elle nous fera un prix !

– Arrêtez de déconner, grinça Zara, ou je vous largue sur le bitume !

– Tu ferais pas ça, Zara, dis, tu ferais pas ça, s'étonna Richard.

– Il blague ! lança Mouloud.

– Jouez aux cons, petits mecs, et je vous balance ! les doucha Zara.

Des nains, pensa Zaraoui avec colère. Je me tape des "nains" ! Grandissez, merde !

Ils s'étaient renfrognés chacun dans son coin. La 504 attendait sagement au feu rouge pour traverser la Place de la Porte de Vanves. Zara s'était perdu dans Malakoff. Il émergeait de la Rue Julia-Bartet. En sens interdit, faisant fi des appels de phares et des coups de klaxon rageurs.

Le feu passa au vert et la Peugeot s'engagea dans le Boulevard Brune, à gauche. Des flaques de lumière masquaient l'asphalte. Une orgie de néons combattait l'éclairage public. Puis la 504 plongea dans des zones d'ombre, sombres et lugubres, tels des pièges tendus par des forces maléfiques. Zara le tenait de l'Imam de la Cité, un allumé des fous de Dieu qui se sacrifiaient aux quatre coins du monde, semant terreur et fleuves de sang au nom d'Allah, l'unique, le Grand ; "les forces de Satan sont partout, Zara, surtout là où tu te sens en sécurité", disait le Sage de la Mosquée de la cave de la barre 4... Celle où n'intervenaient jamais les flics. Il se disait être un "Afghan", un de ces combattants issus des Ghaznévides, ancêtres des Arabes conquérants de Harât au VIIe-XIIe siècles avant les invasions mongoles et la renaissance timuride. Il avait servi son Dieu en Afghanistan, disait-il... La réalité démentait la légende de ces pseudo-guerriers qui n'avaient bataillé que contre eux-mêmes, édifiant leur religion au contact de manipulateurs dans les sous-sols des cages d'escaliers où, comme les autres, ils traînaient leur misère chronique. Et tous ces jeunes cons qui suivaient l'exemple-vivant bidon, shooté à donf, qui à trente berges en avait tiré quinze en Centrale.

Soudain tout se ralluma. C'était la Porte d'Orléans et son animation incessante. Les forces du mal disparurent dans un éclair de feu.

– Merde, le flash ! s'exclama Zara qui n'avait pas vu la caméra planquée alors qu'il brûlait pour la énième fois un feu rouge.

– Je me gare sur le trottoir, grinça-t-il, à force de tournicoter comme tous ces Parisiens qui devenaient fous pour stationnement payant. Il était à bout de patience, prêt à exploser à la moindre occase.

– Ferme ta portière, Richard, dit Mouloud qui craignait les voleurs. Les "tireurs" sévissaient aussi dans la capitale. Les vocations ne manquaient pas.

Ils entrèrent dans un bar-tabac coquet, sans plus. Du clinquant masquant la misère. Plusieurs Africains, accoudés au zinc, parlaient très fort, vociférant à l'Africaine, pleins de vie et parfois d'humour. Deux paumés, traîne-lattes de la dernière heure – celle où l'on ferme, où le loufiat de service passe le balai et vous astique les pompes pour vous faire décamper dare-dare – s'accrochaient à leurs verres comme au bastingage du Titanic lors du naufrage.

– Z'en voulez une ? jeta Mouloud à ses compères, tendant le paquet de blondes.

– Merci, fit Richard, s'arrachant à sa bière, y puisant deux clopes et ajoutant : "La deuxième, c'est pour tout à l'heure. Veux pas te déranger, mec !" Il partit d'un grand éclat de rire, dominant la conversation des Blacks.

– Tu t'fais pas chier, mon con ! lança Mouloud, hargneux.

– Arrêtez ou je me fâche, fit Zara qui ne voulait pas attirer l'attention des consommateurs – quoique de ce côté-là, no problem – mais surtout pas celle du patron du troquet ou du garçon, gilet noir et cravate qui serrait son cou de poulet, hypocrite et sournois. Le bigophone noir corbeau en ébonite luisait sur le zinc, dans son coin. Pas à la coule le taulier ! Trop de profits tuent le profit et l'investissement. La menace existait. Il était facile, quasiment instinctif, au cafetier de soulever machinalement le combiné et de composer le 17. Avant même qu'ils aient fini leurs "Kro-tambour", les flics seraient là et pas pour consommer. Ça serait l'hallali, le sauve-qui-peut. Non, écraser un max, se faire oublier, style caméléon, se fondre dans le paysage, dur quand on a le teint moins blanc que les autres, et les stigmates de la répression aveugle.

– Pire que des gosses ! Des "nains de jardin", les vrais, eux, ont quelque chose dans la tête ! Allez, on se casse ! appuya-t-il, en se dirigeant vers la porte sous l'œil suspicieux du maître des lieux.

– T'as payé ? questionna Mouloud, inquiet.

– Ouais, j'ai filé de la thune pendant que t'étais au coin-tabac, que tu jetais le fric de ta mère pour griller tes saloperies de clopes !

– Fils de putes ! cracha Zara.

Le rectangle blanc plié qui laissait voir du bleu carboné coincé sous l'essuie-glace attestait le passage d'un fêlé de la contredanse.

– Vite, on décolle les mecs ! J'ai laissé les papiers à la maison ! gueula Zara. Il oubliait de dire qu'il était inscrit à l'Auto-École de la mère Cohen, celle qui habitait le pavillon tout fleuri en face des tours. Cette garce voulait pas lui donner le code. Trois fois qu'il le passait gratos, bien sûr, l'avait pas l'âge requis. Elle le traitait de nul cette "Nique-ta-Mère". Elle allait voir pour ses dix-huit ans… Un festival, qu'il allait lui donner !

– Tu connais la dernière du "Fossoyeur" ?

– Non, raconte.

– C'est qui le "Fossoyeur" ? demanda le jeunot, le dernier arrivé dans l'équipe.

– On t'expliquera après. Alors, tu la racontes la dernière du taré !

– Ouais, j'y vais. Avant-hier, y'a un mec qui s'est fait dessouder par un autre mec, dans un salon de coiffure. L'Affaire est tombée comme par hasard sur le "Fossoyeur". Il s'est rendu sur les lieux, a fait le nécessaire, puis quand tout a été fini, le cadavre sur le brancard, il est passé par le poste.

– La morgue, c'est plus direct, fit Marco, le chauffeur.

– Ouais, qu'est-ce qu'il est venu faire au poste ?

– Il devait avoir soif, avança le jeunot.

– Alors il s'est rincé le gosier avec de la mousse fraîche, continua le conteur. Bon... il arrive au poste... va se taper sa canette et tombe en plein repas de brigade.

– Ils ont le droit de manger, s'étonna le nouveau. Là où j'étais avant la "mute", pas question de chauffer une gamelle. Le règlement ... C'est la règle, conclut-il, sévère.

– Le Patron est d'accord, laisse causer le Grand !

– Donc, tout le monde jouait de la fourchette et du couteau. Dans cette joyeuse assemblée, il y avait une fliquette, tout blonde, menue, le teint pâle des gens du nord, qui dégustait les tripes cuites par le cuisinier-maison : Henri, le Cyclo. Le "Fossoyeur" s'est mis à déconner dans sa tête et leur a lancé :

– Je vous apporte de la viande fraîche !

Les autres ont rien dit, le nez dans leurs assiettes, occupés à déguster leurs mets somptueux ! Ils ont haussé les épaules, en habitués de ses conneries. Cinq minutes après, le Fossoyeur revenait avec le brancard, découvrait la tronche du mort, éclatée au .11,43, et s'écriait : "C'est pas beau ça ! Allez, je vous le laisse ! Il est en famille ici ! Gardez-le bien au chaud, les gars !"

– Il est givré, ce type ! s'écria le jeunot. Faut l'enfermer. Le chef de poste a rien dit ?

– T'aurais vu le raisiné qu'il avait semé jusqu'à la cuisine ! C'était pas triste ! La fliquette a vomi dans la poubelle les tripes et les frites que son estomac n'avait pas encore eu le temps de digérer et elle a fui la présence de la bavure !

– La bastos lui avait traversé la boîte crânienne, emportant un zeste de cervelle. Inutile de dire qu'on voyait au travers.

– Il a pas eu des emmerdes votre "Fossoyeur" ? s'inquiéta le jeunot.

– Lui, des emmerdes ! Tu veux rire, non !

– Dis-donc, la "fliquette du 15", toi qui connais, paraît que c'est un bon coup !

– Penses-tu, une vraie pétasse ! Elle baise comme une conne ! Elle s'allonge et tu te démerdes…

– Laissez tomber, les gars ! jeta le Grand. Vous faites chier !

Tous savaient que le Grand courtisait la "fliquette du 15". Ils recherchaient le moment où il craquerait. Mais le Grand savait se contenir face à ses potes de misère routinière. Une carcasse dans laquelle battait un cœur de midinette.

– Tu l'as dans le c… ta jonction, Stan !

– Rigole pas, merde ! répondit le Polonais. J'ai déjà le billet du train dans la poche ! Si c'est une plaisanterie.…

– Tu annules, vieux ! T'as le Minitel… Tu fais…

– Tu connais le "Renard Blanc", non ?! lança le Grand. Il a été trépané dans une vie antérieure et maintenant les jours de repos qu'il nous doit, enfin… que la boîte nous doit… on croirait qu'il les sort de sa poche et que ça lui fend le palpitant !

– Il est pas le seul, tu sais. Ma femme pour lui faire l'amour faut la prévenir quinze jours à l'av…

L'appel général lui coupa la parole.

– TV745 de TN16… Avez intercepté le message de Z ?

– En direct ! Nous nous trouvons avenue Henri-Martin. On va vous la pêcher votre 504 !

– C'est bon pour ramasser une félicitation si on les serre, lança le jeunot tout excité qui causait comme à la PJ.

– Rêve pas, le gosse, le doucha le Grand, qui faisait ses bons deux mètres dix. Tu peux décrocher 50 félicitations, le premier blâme te coûtera ta carrière. Et, de toute façon, on les tient pas encore.

– Tu crois qu'ils sont armés ? questionna celui que l'équipe surnommait "Tige d'acier".

– Ça y est, on est à Pompe ! gueula le jeunot.

*

Paris
01h30 – Rue de la Pompe

La ZX banalisée du 16, servant à la lutte anti-cambriolages de nuit, bloqua la première la 504 signalée par Z1. Le Grand gicla le premier, brassard "Police" au bras droit[1], revolver en main et cria à se faire péter les poumons : "Halte Police !" Stan et le jeunot sautèrent en voltige du véhicule alors que Marco coinçait la 504 en lui coupant la route. Lui-même sortit, le .357 au poing afin de couvrir ses collègues, s'abritant derrière la ZX. Le Grand s'était porté au niveau du chauffeur et, passant le bras à l'intérieur, il tentait d'arracher la clef de contact du démarreur.

Zaraoui fut pris de panique. Il remonta brutalement sa vitre, coinçant le bras du policier. Dans sa tête tout se

---

1. Les manuels de Police préconisent le port du brassard au bras qui tient l'arme.

59

joua très vite : "J'ai pas les papiers. Ils sont pas en tenue. La voiture n'est pas marquée "Police". Ils sont armés. Le brassard, c'est bidon. On dirait un skin, raciste et tout. Il veut tirer la voiture. Je suis rebeu. Je joue ma peau. Ils m'auront pas ! NON !" Il passa la marche arrière, accéléra, traînant le Grand sur cent putains de mètres. Entre temps, le Grand réussit à extirper de sa poche sa carte professionnelle et la colla sur le pare-brise. Il arriva à la coincer sous le balai de l'essuie-glace.

Zaraoui voit "Police" – deux barres, une rouge, une bleue, la tronche du skin dans le coin, en bas à droite – croit à un faux, mais le doute le prend à la gorge. Respiration bloquée, une montée d'adrénaline le chauffe à blanc. Il voit le flic qui essaie désespérément de se libérer, ses gestes désordonnés pour affirmer son équilibre, des mots qu'il n'entend pas, qui se mêlent à ceux de Richard et de Mouloud effrayés lui disant qu'il est devenu fou, que ce sont des flics, des vrais, bon dieu ! Il baisse la vitre comme un malade.

La carcasse se détache de la 504, le libère d'un coup. À présent, Zaraoui est inquiet, il vient d'accomplir une chose irréparable. Si Mouloud et Richard ont raison, le point de non-retour est franchi, et ça le glace.

Le Grand s'étale sur le bitume, la clavicule brisée. Il voit la 504 continuer en marche arrière, stopper, telle une bête rétive qui observe un adversaire. Indocile, sentant d'instinct le meilleur moyen pour l'attaquer : revenir sur lui. Plus de deux tonnes d'acier qui vont le réduire en bouillie. Il n'a plus son arme. Le .38 Spécial Police est tombé lorsqu'il a été happé par le chauffard. Son bras droit est paralysé. Deux doigts cassés. Il voit grossir démesurément le mufle de la Peugeot. Soudain, le claquement sec d'une détonation et l'étoilement du verre à l'avant de la 504. Le trou net par lequel vient de passer la mort. Le Grand ne distingue plus le conducteur masqué par le pare-brise éclaté. Il se démarque de la 504 avant qu'elle ne percute une, puis plusieurs voitures en stationnement. Il s'arrache un hurlement qui se perd dans le vacarme du moteur et parvient à se relever au prix d'un effort surhumain. Il tourne la tête pour voir le jeunot en position de tir bras tendu, pétrifié sur place. Puis un son qu'il connaît bien s'insinue dans ses tympans, telle une coulée de miel. Mirande, à la tête de la 8e brigade de cavalerie US, copie conforme des westerns des années cinquante, arrive toutes sirènes hurlantes, dans la plus pure tradition du célèbre *Les clairons sonnent la charge*.

Zaraoui, tête rejetée en arrière, est mort sur le coup. Le projectile a pénétré l'os frontal, explosant la boîte crânienne. Un jet de sang et de matière cervicale a fusé sur la banquette arrière, éclaboussant les deux "nains", Richard et Mouloud. Richard, portière bloquée par un des véhicules endommagés, est pris au piège du "cercueil". Mouloud, affolé, saute de la 504 et fuit le drame imbécile à toutes jambes.

La Renault de Mirande le cueille au moment où il se viande sur le capot, s'agrippe aux essuie-glace. Les yeux hagards, des taches rouge foncé sur le visage, il crie des choses aberrantes :

– POLICE ! POLICE ! Ils ont tué Zara ! Il est mort! Arrêtez-les ! Vite !

– Cesse de dire des conneries, petit, dit Mirande en lui passant les "pinces".

– TN16 de TV827 ! aboie Georgis dans sa radio.

– TN16 écoute, 827 !

– 504 interceptée, un individu de type N.A. appréhendé ! Il y a du grabuge du côté de la 745 ! Je vous tiens au courant !

– 827 de TN16 ! Y a -t-il des blessés ?

– Attente, TN16 !

*

Paris
Olh38 – Rue de la Pompe

– Ils n'avaient pas de brassards ! Ils n'avaient rien, rien que leurs armes ! disait Richard, totalement paumé. Sceptique devant ces hommes, à bord d'une ZX sale et ordinaire, ne croyant pas qu'ils puissent être des policiers. Il éclata enfin en sanglots.

– J'ai eu très peur, j'ai couru vers la voiture des VRAIS policiers, celle avec le mot écrit en gros, haletait

Mouloud, les yeux remplis d'images effroyables, le cerveau bloqué par ce qu'il venait de vivre. Il ne pouvait se rendre à la raison des flics qui l'avaient interpellé. Pourquoi... Pourquoi vous me passez les menottes ? avait-il demandé. J'ai rien fait !

Le substitut du Procureur de la République, dépêché sur les lieux par le canal de l'État-Major de la Police Judiciaire, entendait "à chaud" les deux garçons.

— Vous êtes certains que les policiers en civil ne portaient pas leurs brassards "Police" lorsqu'ils vous ont appréhendés ?

Le Magistrat tentait de capter le regard de Mouloud, mais, devant les yeux fuyants du jeune ado, il dut y renoncer.

Il mentait Mouloud. Pas pour "enfoncer" les flics, non, il pouvait pas dire la vérité parce que dans les Cités l'esprit de bande prévalait. La raison profonde qui le tiraillait était enfouie dans un abîme de contradictions. Zara était mort. S'il démentait, Zara aurait été "fumé" pour rien, et la famille lui pardonnerait pas. Ils demandaient un "héros", pas un "nain" qui avait pété les plombs.

Il crut bon d'ajouter :

— Le frère de Zara est mort, M'sieur, TUÉ PAR UN FOU, dans la Cité, là-bas, M'sieur.

— Comment s'appelait-il ? demanda le Substitut.

— Farid, M'sieur... Farid Bouaoui.

La boucle était bouclée.

Tout s'était joué en huit minutes.

4

— Tu es mal fichu ce matin, observa la femme qui s'affairait autour de la gazinière.

Le café bouillait dans la casserole et elle regardait le liquide noirâtre qui commençait à fumer. Le café ne serait pas bon ce matin, comme tous les matins, comme tous les jours où elle s'éveillait à quatre heures. Le même rituel. Servir le café à cet homme, cet homme qui se grattait le ventre sous le maillot de corps enfilé à la hâte. La femme ne se souvenait plus où elle l'avait épousé, parfois même qui il était. Le mot "mari" lui revenait en mémoire de façon conflictuelle. Le dérisoire de cette vie terne lui rappelait avant l'heure le gris des cendres que l'on dépose dans l'urne funéraire ou le rectangle creusé dans la terre du Secteur X du cimetière, la tombe où descend lentement le cercueil de bois aux poignées de métal. Le sien serait-il en chêne verni, lisse comme la peau, avec des poignées de cuivre ? Aurait-il cette richesse que seuls les nantis peuvent se payer ? Elle aurait voulu qu'il puisse répondre à cette question, aux autres questions, à toutes ses questions… Le cheveu gris – de cette couleur indéfinissable entre le blanc sale et le grisâtre – un visage allongé et las, qui avait dû avoir du charme dans une autre existence, les cernes sous les yeux et la robe de chambre trop ample masquant le corps amaigri, elle survivait. Quelquefois le souvenir évanescent de ses parents lui revenait en mémoire, tel un baume cicatrisant ses blessures. Coupure profonde, fracture impossible à réduire. Elle revoyait alors cette province du nord du Portugal, où coulait le Tage, où le paysan cultivait la vigne et l'olivier. Sa famille avait été heureuse, mais pauvre. De cette pauvreté qui à l'époque était un don du ciel, où chacun mangeait à sa faim bien que le nécessaire soit déjà un luxe. Ils avaient été mis en terre dans cette petite nécropole où elle aurait tant voulu se recueillir et y déposer des fleurs. Rêve improbable. Le voyage était trop cher… Et cet homme avachi sur la table de formica, elle l'avait aimé ou avait cru éprouver un sentiment amoureux au début de leur union. Avait-elle espéré une naissance pour consolider un couple qui peu à peu partait à la dérive ? Elle ne savait plus. Dans le vide affectif de cette alliance chrétienne qui l'unissait à Dieu avant son mari, elle pleurait souvent. Ne dit-on pas dans la *qabbalah*[1] que "Dieu compte les larmes des femmes". Oui, Dieu écoutait la souffrance de Maria Da Costa, mais elle

---

1. Cabale, en Hébreu.

devait taire cette douleur. Maria versait des larmes en cachette, reste d'amour-propre avant le masque hiératique de la raideur de l'affliction ? Elle fuyait vers le néant, desséchée de l'intérieur. Que restait-il de ses espoirs, de la confiance donnée ? Plus grand-chose. Quatre murs bien à eux, avec un toit et une cheminée où crépiterait un feu de bois, ça n'était que chimère.

– J'ai mal là, Maria.

Maria Da Costa voit le doigt montrer l'endroit où se situe le foie de l'homme. Ses yeux remontent, accrochent le cou où saillent les veines, le menton fuyant, la bouche aux lèvres crispées sur quelque chose de douloureux qu'elle se sent incapable de partager, le nez pincé, les yeux fixant un point imaginaire, loin d'elle, loin, au-delà des vitres encrassées. Elle lui répond mécaniquement :

– C'est ta faute ! Tu as revu Bichon et vous avez picolé. S'il te reste un foie, il doit avoir pris un tel volume qu'il ne filtre plus rien.

La voix est pâteuse, même pas de la colère, non, réaliste, pleine de sommeil. Elle bâille, puis elle ajoute, cette fois avec dureté :

– Ce type-là est ton mauvais génie. Il te portera la poisse ! Et on n'a pas besoin de ça ! Ah, non…

Le liquide chaud coule dans les deux bols de faïence. Le silence a repris sa place. Trève fugace. Deux ennemis face à face. Le bruit de déglutition émis par Jésus agace Maria. Il ne s'est jamais corrigé. N'a même pas essayé, n'a pas fait l'effort nécessaire attendu par son épouse.

Elle ne prononce pas le moindre mot de reproche. Que pourrait-elle dire ? Ça changerait quoi ? Brusquement, elle le voit repousser le bol et esquisser une nouvelle grimace. Les mains de Jésus se portent à son ventre. Il a mal et elle le sait.

– Bois quand même, dit-elle, ça te fera du bien un peu de chaleur.

– J'en veux plus ! fait-il dans un mouvement d'humeur.

Maria ne peut que laisser échapper un geste d'irritation. Elle se saisit du récipient portant l'inscription "Lui" – achat délicat fait au Super U des Quatre-Routes de la Courneuve, un jour où il lui restait un peu d'attention envers Jésus – et va en vider le contenu dans l'évier. Puis elle revient à sa place et boit en silence. De la rancœur, voilà ce qu'elle éprouve. Jésus lui pourrit la vie. L'amour a quitté l'appartement. Il est ingrat, l'amour. Il vous file entre les doigts. Pfuittt ! Mais l'être humain demeure. Reste parfois la tendresse, l'affection. Le respect aussi. Mais si des sentiments aussi forts ont disparu ou n'ont pas même existé, que reste-t-il ? La HAINE. Hideuse, la HAINE. Tel un rongeur, elle vous bouffe, elle annihile tout sens logique. Pas jolie, la HAINE, hein Maria ? Trop tard, petite Maria, tu es perdue. Le mal est là, en toi, tu ne peux l'arracher qu'en te bousillant toi-même. Le suicide… As-tu songé au suicide, petite Maria ? À quoi bon résister ! De toute façon…

*

La masse sombre des tours impressionnait Jésus. Le ciel était d'une noirceur alarmante, formant couvercle au-dessus des toits. Dans ce petit matin, la nuit masquait les choses et ces putains de blocs de béton se dressaient autour de lui, menaçants et sinistres. (En lui-même, il pensait : Je suis un homme, bon Dieu !) Mais c'était compter sans cette saloperie de boule d'angoisse qui lui bloquait la gorge et démentait le calme qu'il montrait à l'extérieur. Ces sales Tours l'étouffaient, le faisaient chavirer. D'où lui venait cette peur irraisonnée ? De l'enfance ? Il se devait d'être vigilant. Elles étaient monstrueuses, dantesques.

L'image de Maria, menue et fragile, vint le réconforter, le surprendre. Mais depuis combien de temps ne l'avait-il pas embrassée ? Le mécanisme s'était cassé. Définitif ? Probablement. Le pétillement de ses yeux s'était éteint. Il venait de laisser une étrangère dans sa maison. Il ne savait pas que, chez lui, chez eux, se tapissait comme une bête la HAINE. Maria était la HAINE. Elle respirait la HAINE. Jésus ne l'avait pas senti. Juste un changement d'attitude, indéfinissable. Chez une femme... Que d'opposition ! Perpétuel conflit. Ou bien Jésus ne voulait-il pas reconnaître ce qu'il avait vu, cette "chose" qu'était Maria. Maria lui était-elle hostile ? Il chassa cette question, mais l'image persistait, celle de sa femme qui lui arrachait le bol des mains parce qu'il ne voulait plus de cette lavasse de café de merde, parce qu'il avait les tripes en fusion, sa femme qui lavait les bols, la casserole, qui nettoyait la table.

Les Tours. Elles n'avaient pas bougé. Elles l'inquiétaient bien plus que Maria. Leurs yeux transperçaient sa tête, l'épiaient, dissection d'entomologiste. Derrière ces yeux, leurs yeux, d'autres yeux, éteints, tels ceux de Maria, sans éclats, perdus dans un brouillard opaque, morts. Ceux de la Cité, embrumés, pisseux, chagrins, hargneux, chargés de peur ou de fureur, affichaient leur hostilité. Peut-être ceux de Farid ? Yeux de cauchemar, regard de réprobation, de détresse. Ils criaient vengeance. Ils demandaient Jésus ! Abel regardant Caïn. Prud'hon à la tête de la justice et la vengeance divine poursuivant le crime. Des tombeaux à ciel ouvert. Des regards vides, orbites creuses. Des cavités horribles. Il traversait un cimetière. Chaque Tour était un ensemble de tombes, assemblées en une architecture superbe, montant vers le ciel, vers Dieu. Avait-il le droit de profaner les morts qui vivaient dans leurs linceuls ? Ces caveaux de pierre les uns sur les autres où chaque famille cultivait la vie au-delà de la mort, pouvait-il les défier ? En avait-il la force et le pouvoir ?

Yasmina le vit passer, beurrer sa godasse droite dans une merde de chien encore toute fumante. Reproche muet, douleur et souffrance confondues. Les yeux noirs, ourlés de cils longs et fins, suivaient Jésus. Et ces boules de lumière éparpillées çà et là, tels les gardiens de cette éternité où dormaient ceux des Tours. Ce matin plus que d'autres, ils s'étaient tous réveillés pour l'épier et lui crier : "TU ÉTAIS AVEC L'ASSASSIN ! TU ES SON COMPLICE !" Yasmina avait une voix pathétique lorsqu'elle lui disait : "LE GARÇON QUE J'AIMAIS A ÉTÉ TUÉ GRATUITEMENT ! IL N'AVAIT PAS LE DROIT DE PRENDRE UNE VIE ! SA VIE ! IL ME DOIT UNE VIE ! TU ES TOI AUSSI UN ASSASSIN !"

Jésus se retourna et aperçut le chat, qui miaulait méchamment après une proie invisible, se couler sous une voiture en stationnement anarchique. Il eut chaud brusquement, prit peur. Ce chat était un présage. L'envoyé de "Ceux" des Tours. C'était des démons. L'enfer était sur la terre, le feu brûlait derrière les vitres, les adeptes du Malin dansaient et fêtaient sa terreur. Ce serait bientôt le tour de Bichon. Merde ! C'était pas lui qui avait appuyé sur la queue de détente de la .22. Qu'il se démerde avec eux, ce con de Marcel !

Pas une âme dans la rue. Seulement les Tours. Il crut percevoir un craquement. Non. Plus de trente ans qu'elles ont été construites, ces putes de béton ! Autant d'années à me narguer ! Jésus devait les affronter. Seul. Il avait eu le temps de distinguer les yeux du chat. Jaunes, fixes, lumineux. Dangereux. Dans ses anciennes lectures, une autre vie, il avait la souvenance que Satan prenait parfois l'apparence du chat. Mais c'était dans les livres. Il n'y avait jamais cru.

L'air humide du petit matin se chargea d'une senteur de moisi, de corps en décomposition avancée. Le charnier s'ouvrit dans un fracas de blocs de béton qui éclataient, l'écrasaient de toutes leurs masses en mouvement, le brisaient d'une main gigantesque...

– Hé, Monsieur... C'est le terminus !

Jésus ouvrit les yeux. La lumière du compartiment le blessa. Il vit la casquette, des étoiles d'or, le regard inquiet de l'homme qui se trouvait penché sur lui. Le son de sa voix le tira de sa torpeur.

– Ça ne va pas, Monsieur ?

– Si, si... Tout va bien. Je suis désolé...

*

– Les angles de tir ne sont pas encore déterminés, Patron.

– Pourquoi ça, Grenelle ? Ils se roulent les pouces à la balistique !

– Non, Patron, mais vous connaissez Glacière, bon fonctionnaire et adepte de Mayevski... vous savez... les cœfficients balistiques qui permettent l'évaluation de la vitesse des pro...

– Passionnant, Grenelle, mais je ne pense pas que notre cher Directeur soit accessible à la théorie. Il veut des faits. Alors, je vous demande des résultats. Rapidement, mon vieux !

– Difficile, Patron. Le gosse a continué son linéaire…
je veux dire… sa course en avant sur une trentaine de
mètres après l'impact du projectile. Quoique la distance
ne puisse être précisée avec une certitude absolue. Le terrain, les obstacles imprévisibles, les témoignages vagues
ou trop précis pour être probants. Nous avons évalué
approximativement, ce qui donne…

– Avez-vous un nom ? C'est un blaze que je veux,
Grenelle, le blaze d'un type, celui qui a flingué le
gamin ! Je dois vous le dire comment, Grenelle ?

– J'y viens, Patron. Nous avons étudié la configura-
tion des tours et par une chance inouïe une seule peut
être la bonne. (Il alluma une Gitane, aspira une goulée et
rejeta la fumée par le nez.) La forme du bâtiment est un
"Y", comme toutes les autres et l'entrée de la balle nous
permet dans un premier jet d'évaluer son parcours suivant une pente qui pourrait provenir du troisième étage.
L'angle ainsi formé colle parfaitement.

– Supposition ou certitude, Grenelle ?

– Certitude, mais il faut attendre le rapport de
Glacière. Nous ne pouvons accrocher le locataire sur des
hypothèses de travail qui ne seront en aucun cas des
preuves irréfutables. Aucun juge d'instruction ne me sui-
vrait. À part, bien sûr, cet illuminé de Corentin. Cela
nous a mené chez un quidam du nom de Bichon. Marcel
Bichon. Oh, pas du genre parano à première vue, non, le
type ordinaire, sans envergure, je pourrais dire sans
importance. Il est marié et sa femme est à l'hosto. La

mère Bichon a été victime d'une agression, un sadique. Enfin, Bichon turbine dans une entreprise qui fabrique du papier recyclé. De la merde, quoi ! Il gagne peu, se crève au boulot, picole un max et n'a pas deux sous d'ambition. Pour ce type, les 35 heures seraient une benédiction. Il doit vénérer Aubry. Il est d'une condition plus que moyenne.

– Vos impressions, Grenelle ?

– C'est pas le portrait-type du mec à tirer un gosse comme un lapin, quoiqu'il ne m'ait pas paru éprouver de l'émotion quand nous avons parlé du meurtre de ce jeune Maghrébin. Il a un penchant pour le racisme, bien qu'il s'en défende. Mal, d'ailleurs. Il n'aime que lui et ça se voit. Pas de petit dur à…

– Et pour l'arme, vous avancez ?

– Rien chez notre homme. Ce foutu Bichon ne possède pas de .22 LR. Il en a acheté une il y a quatre ans. Il s'en est débarrassé en la refilant à un certain Da Costa. Parti pour Alger. Il travaille dans le bâtiment. Un contrat avec une entreprise solide, type Bouygues. La SOFRACO. Serait mort l'année dernière. Bichon n'a plus de nouvelle.

– La question serait… poursuivait Grenelle.

– Qui se charge d'éplucher la liste des locataires à l'O.P.H.L.M. ? le coupa Dobey, surnom affectueux dont l'avait affublé le Groupe depuis les apparitions de Starsky et Hutch sur le petit écran. Un peu enrobé, il portait des costumes à carreaux et parlait d'une voix grave.

– Balard, répondit Grenelle, le jeune enquêteur qui nous arrive de la 3e Division de Police Judiciaire, encore tout neuf dans le service. À peine abîmé par les heures de planque dans leur "Soum"[1]

– Il a pas remarqué de Da Costa parmi les noms ?

– Pas à ma connaissance, Patron. Non…

– Vous trouvez cela logique, Grenelle ?

Sceptique, le vieux, pensa le Capitaine.

– L'arme que possédait Bichon, notre principal suspect, avouez-le, appartient à ce Portugais, parti pour l'Algérie où il meurt dans des circonstances que nous ignorons tous. La D.G.S.E., peut-être, en sait plus que nous. Passons, voulez-vous ! Bizarre, mon cher, bizarre ! On meurt beaucoup trop dans les wilayas, notamment à Alger, où l'état d'urgence a été décrété en 1992, mais malheureusement levé pour la durée du Ramadan. Et vous voudriez me faire gober que ce Da Costa serait allé à l'abattoir – dans un pays où l'on dénombre plusieurs centaines de victimes par jour, où le Front Islamique du Salut, relayé par les maquis du G.I.A., justifie des bains de sang par le Djihad, cette foutue guerre sainte qui leur sert de palliatif pour imposer leur idéologie aux yeux du monde entier, pour asseoir une économie parallèle qui d'ailleurs serait profitable à certains… – serait allé au casse-pipe, dis-je, avec un contrat de travail délivré en bonne et due

---

1. "Sous-marin" : nom donné au véhicule de surveillance discrète des services de la Police judiciaire.

forme alors que les volontaires se sont raréfiés ces temps derniers, et que l'on démolit à la "voiture piégée" au lieu de reconstruire ! Il se fout de vous, votre Bichon ! Il vous a monté un bateau ! Et de taille, mon cher !

Après sa tirade, son délire sur les terroristes, Dobey s'étouffa, tira de sa poche un mouchoir.

– J'y ai pensé, Patron, et je l'ai laissé croire qu'il m'avait endormi. Je vais chercher dans ce sens et je débusquerai ce Da Costa. Bonjour les heures sup', Patron !... Ça prendra du temps, je sais, reprit Grenelle, mais si Bichon et le Portugais sont dans le coup, je les coincerai, Patron !

– Je vous le souhaite, mon vieux, car le Directeur m'appuie sur l'estomac, et il n'est pas très tendre. Mauvais pour la digestion et, de plus, il va me coller un ulcère de première classe. Tout votre groupe est concerné et les promotions en dépendent. Si vous ne voulez pas vous retrouver aux archives, Grenelle... Vous savez ce qu'il vous reste à faire !

– Oui, Patron, lâcha Grenelle, de mauvaise grâce, avant de quitter le bureau où Dobey tentait de réprimer une nouvelle quinte de toux.

Dans le couloir, il croisa Balard, le jeune enquêteur. Il tenait à la main la carte grise d'un véhicule du service.

– Où tu cours comme ça ?

– Je vais à la pêche ! Et toi ?

– Je sors de chez notre chef vénéré et il crache comme un malade.

– Toujours branché, le Vieux ?

– Sur 20.000 volts ! Et il va nous foutre la prise dans le cul !

– Sans blague! Le Vieux, branché ? On nage dans le virtuel, mec !

– Si j'étais à ta place, je filerais dare-dare à l'Office H.L.M. afin de nous dégoter tous les Portos qui s'y cachent. Il en va de ton avancement, mon gars !

– Tu oublies que ma carrière est liée à la tienne !

– Justement, c'est la meilleure raison pour que tu te dépasses !

Soudain, le regard de Grenelle harponna les fringues du jeune enquêteur. Veste de flanelle grise, croisée sur une chemise saumon, cravate à rayures jaune et bleue, pantalon identique à la veste et pompes gris-souris. Balard vit l'étonnement, les yeux agrandis d'horreur de l'Inspecteur Principal[1] et, tout naturellement, demanda :

– Qu'est-ce que j'ai ? C'est mon look…

– Tu as tout du mac, Balard !

– Merde, fais pas chier, dans une heure je dois être présent au mariage d'un copain. Je suis son témoin.

– Ça va pas être triste ! Non, mais t'as vu ton accoutrement ? Ils vont pleurer de rire à la Mairie. Ils vont croire à une plaisanterie et t'empêcher de figurer sur la photo de mariage. On peut pas dire que tu fasses dans la sobriété.

– Charrie pas. Marlowe, le privé, était pire!

---

1. Depuis la réforme de la Police, Inspecteur Principal se dit : Capitaine.

– T'es pas Marlowe, Balard, lui il était bourré en permanence, non, t'es flic et flic dans une banlieue chiante
où tu vas salir tes nippes. Alors n'en rajoute pas ou tu te
prépares à des désillusions cuisantes. Tu fais dans le mac
africain sapé comme t'es. Et les Blacks qui font bosser
des pétasses sur le trottoir te renifleront jamais comme
un de leurs frères. Question de feeling, Balard. Ils sont
capables de te bouffer tout cru. Tu te souviens de cette
main de femme avec de faux ongles, coupée net au poignet, trouvée dans la poche d'un Black ?

– Vaguement, et alors ?

– Tu vois pas le rapport ? L'enquête a révélé qu'il
s'agissait d'un débris humain, celui d'une prostituée qui
tapinait pour un certain Babou, connu défavorablement
de la B.S.P.[1] et de l'O.C.R.T.E.H.[2], et où l'a-t-on retrouvée la pute, Balard... Enfin ce qui en restait ?

– Dans une poubelle, je crois...

– T'as envie de finir comme elle, Balard ?

– Arrête, tu vas me faire gerber !

– Allez, Casanova, file porter bonheur à ton pote et à
sa future ! Ensuite...

– Ouais, O.K., jeans et santiags.

Grenelle eut un sourire bon enfant en voyant s'éloigner l'enquêteur. Il l'aimait bien au fond.

---

1. B.S.P. : Brigade des Stupéfiants et du Proxénétisme.
2. O.C.R.T.E.H. : Office Central pour la Répression de la Traite des Etres
Humains.

*

La Mairie du dix-huitième avait vu fleurir l'harmonie de Brigitte et de Paul, unis pour le meilleur et pour le pire selon l'adage consacré. Les alliances furent passées aux doigts des époux, les signatures portées sur le registre et les souhaits échangés. Après les baisers rituels, Balard les abandonna à leur félicité pour regagner sa piaule, un studio exigu dans un immeuble moisi, coincé entre le deux-pièces-cuisine d'un Polak et celui d'un Espagnol. Escalier lépreux au fond d'une cour dépourvue d'électricité, où s'engouffraient le vent et la pluie, WC sur chaque palier, humides et glacés, portes murées de parpaings pour se prévenir des hordes de squatters, linge troué aux fenêtres, musiques ensoleillées venues d'ailleurs, enfants qui pleurent, parents absents, ou partis en abandonnant leur progéniture…

Balard claqua sa porte sur cette misère sordide et grouillante dans ce nouveau "Ventre de Paris". Les cris continuaient, à peine étouffés par le panneau de bois vermoulu où pendait un verrou jamais remplacé. La trace d'un visiteur pas comme les autres. Les pauvres et les indigents se volaient entre eux. Il se changea rapidement. La cravate à rayures et le veston atterrirent sur un canapé râpé. Le tigre imprimé sur la couverture qui traînait sur le plancher lui montra les dents. La chemise saumon et le falzar suivirent le même chemin sous les rugissements muets du félin.

Le désordre de la pièce unique signalait le passage-
éclair de Sabine. La petite garce était venue, telle une
chatte de gouttière, encore que l'animal soit plus fidèle.
Ça lui rappela *La femme du boulanger*, mais il n'était ni
Raimu, ni boulanger. Il n'avait pas sa philosophie.

Le cendrier de faux cristal était rempli de mégots. Les
filtres dorés portaient la marque de son rouge à lèvres.
Là encore, l'intention était visible. Lui faire mal. À en
crever, dans sa tête et dans sa chair. La bouteille de
Scotch non rebouchée, ses talons-aiguille jetés çà et là.
Le bout de papier que son regard accrocha, là où il avait
été glissé à cette intention. Balard décida de ne pas y toucher. Il risquait de se brûler intimement. Il en connaissait
la teneur. Il savait que "Sabine-la-salope" l'attendait chez
"Kerbaoui", le troquet d'en face, qu'elle venait de le voir
entrer, qu'elle n'ignorait pas ses habitudes. Elle savait
bien qu'il l'imaginait là-haut, dans sa turne merdique, à
le narguer de son indifférence. Elle savait qu'il refusait la
réalité, qu'il risquait la déprime, mais ça l'amusait, plaisir malsain, jouissance coupable. "Jouait-il avec son
arme ? À la roulette russe ?" pensait-elle à cet instant
précis où elle redoutait le tumulte qui pouvait avoir
envahi l'esprit de Balard, le même déclic que dernière-
ment quand elle avait poussé la porte, qu'il l'avait découverte nue, ses vêtements à la main, le visage défait, le
maquillage qui avait coulé, la faisant ressembler à certaines égéries de groupes hard-rock. Elle lui avait dit
qu'elle s'était faite agresser, qu'il pleuvait, qu'elle savait

plus... Lui, savait. Elle s'était dévêtue dans l'escalier, s'était barbouillée le visage, pour lui faire croire les pires saletés.

La vérité, peut-être... "On va porter plainte ! avait-il hurlé, de rage, désarmé, impuissant. Qui t'a fait ça, merde ! Tu vas parler !" Il l'avait prise aux épaules, secouée, brutalisée. Puis il s'était rendu compte qu'il se comportait comme elle le voulait, qu'elle le manipulait. Elle était entrée avec un double de la clef qu'il lui avait remise un soir où, fou d'amour et de désir de ce corps qui savait se donner, de cette bouche qui l'avait englouti jusqu'à l'explosion, il avait oublié toute prudence. Cette fille, il l'avait ramassée dans le ruisseau où elle exerçait ses talents, prometteurs sans nul doute. Il l'avait tirée des griffes de son protecteur. Bilan du sauvetage : une balafre au rasoir qui cicatrisait lentement et un poids mort sur les bras qui le faisait chier. Une fois tirée d'affaire et le julot au trou, la belle Sabine lui en faisait voir de toutes les couleurs et l'échantillonnage était assez vaste pour rendre fou de jalousie un arc-en-ciel. Sabine lui laissait des morceaux de feuilles arrachées à un cahier d'écolier où elle notait qu'il n'était pas assez disponible et laissait sous-entendre qu'avec un physique de reine, la seule chose en fin de compte qu'elle reconnaissait avoir, elle pouvait tenter sa chance avec autre chose qu'un minable. Elle n'avait pas su tirer profit des vraies valeurs qu'il lui offrait. Mais ce genre de créature entrave-t-elle l'honnêteté et l'intégrité ? Sa seule et unique chance n'était-elle pas de l'avoir connu, lui, le petit flic à huit mille quatre cents balles par mois non exonéré d'impôts, aux horaires de travail débiles, liés aux prolongations d'enquêtes, aux astreintes, sapé comme un con mais qui la faisait vivre.

Balard savait qu'elle allait disparaître un jour ou deux, puis revenir goûter à la douceur de cette pièce où elle retrouvait son équilibre, mais qu'elle ne pouvait supporter. Alors elle cherchait à le meurtrir pour lui faire endosser sa souffrance. Les blessures de Balard étaient siennes, tout comme ses cauchemars. Il était trop faible pour la repousser. Trop anxieux pour rester loin d'elle. À son retour, il lui criait au visage toute sa rancœur, son mépris, mais c'était lui-même qu'il insultait. Des mots cinglants, durs. Des "coups de gueule" qui n'étaient autres que des "Je t'aime, petite conne !" Elle lui avait toujours tenu tête, butée, cruelle dans ses arguments. Futée comme une louve, elle adoptait une attitude qui la rendait plus désirable ; sexuellement inassouvie, elle se comportait telle une chienne en chaleur, maniant son Balard à sa guise. Un zeste d'érotisme, une jarretelle coquine, des bas de soie et un slip en dentelle, et "son" Balard oubliait tout. Les fugues sans lendemain, et les messages empoisonnés allaient finir dans la corbeille à papier, au milieu des épluchures de pommes de terre, des restes de frites et autres déchets. Le puits de l'oubli, le gouffre du désespoir. La porte fermée sur des rêves qui ne verraient pas la lumière du jour. Devant ses cuisses charnues – et bronzées artificiellement aux U.V. dans l'arrière-boutique d'un salon de beauté qui faisait plus dans les produits afro et les perruques que dans les canons, telle Demi Moore – la cambrure de ses reins, le grain de sa peau, il était perdu, asservi par cette femelle sans pudeur. Elle savait y faire la salope ! "Sa" salope. Le style "tous azimuts". Il avait risqué sa peau et son boulot en jouant au con pour elle. À la "Grande Maison", les poulets qui fricotaient avec les putes, on n'appréciait guère et on se retrouvait assis sur une chaise, face à un collègue qui tentait coûte que coûte de vous arracher une vérité qui n'existait pas. Ils estimaient que, même repentie, une pute restait une pute, conservant des stigmates difficiles à gommer. Son environnement était piégé. Anciennes fréquentations et nouvelles se mêlaient dans un embryon de culpabilité. Balard ne pensait pas de cette façon, et pourtant... Souvent son boulot lui prouvait le contraire. Il s'en foutait comme de sa première liquette. Qu'est-ce qu'ils pouvaient y comprendre, les Grands Flics vertueux ? Balard souffrait comme une bête, mais il était sûr d'avoir raison. Malgré le côté irraisonné de sa situation, il ne pouvait encore distinguer le vide qu'il créait autour de lui. Il se devait d'y croire. Sinon... La dernière alternative, celle qui libère le corps et l'esprit, restait le geste définitif, celui qui rend propre après la mort.

Après tout, demain il ferait jour.

La rame l'avait largué à Fort-d'Aubervilliers au milieu d'une foule disparate qui s'écoulait vers la sortie, où les gens de couleur dominaient. Escalier ou escalier ? Mécanique, bien sûr. Va pour la modernité. La politique s'étalait sur les murs. Les "européennes" bouffaient beaucoup de colle. Les affiches se chevauchaient sauvagement montrant l'acharnement de ceux qui se battaient pour un siège à Bruxelles. Le Tiers et le Quart-Monde confondus dans une misère collective faisaient l'éducation des enfants qui parcouraient les couloirs, certains juchés sur des rollers, la Nike collée au patin. Ils franchissaient les mers mouvementées du Globe. La Turquie et l'Irak se matérialisaient sur les céramiques, supports gratuits de cette publicité touristique ou guerrière, c'était selon que l'on parle du blocus américain ou des bienfaits des stations balnéaires renommées comme Kusadasi, au bord d'une vaste baie de la côte égéenne. De ravissantes filles à-demi dénudées vantaient les marques du marché actuel, collés aux clefs de voûte de ce monde souterrain, égoût des temps modernes. Balard ne pouvait faire abstraction des relents d'urine et des déjections canines et humaines.

Quelques murs plus loin Balard était à Pristina, sans billet d'avion et exempt de tout bagage. L'ex-Yougoslavie se débattait dans ses enclaves, sa partition et ses belligérants qui ne voulaient pas céder un pouce de terrain, malgré les accords signés récemment à Rambouillet. Le Kosovo, "berceau de la nation serbe", continuait de s'enflammer. Les Quinze de l'Union européenne adressaient à Milosevic, l'homme fort de Belgrade, une sévère mise en garde afin d'ouvrir le dialogue avant que n'éclate une nouvelle guerre des Balkans. Au-dessus d'un gus vêtu de hardes et exhalant les senteurs opiacées des cancrelats de la rue, reproductibles à l'infini, on apprenait l'ouverture d'un nouveau centre pour toxicomanes.

Marlowe-Balard était un papivore enragé qui dévorait tout ce qui lui tombait sous les yeux, avalant la moindre parcelle d'information qui, pour le quidam ordinaire, n'aurait soulevé aucun intérêt. En passant près du Point-Presse à quelques encablures de la sortie, la Une d'un canard attira son attention.

"ALGÉRIE. DYNAMITAGE D'UN GAZODUC PAR DES ISLAMISTES ARMÉS DANS LA RÉGION DE TIARET" Plus loin : "Un attentat contre un train a fait, selon les forces de sécurité, dix-huit morts et vingt-cinq blessés, à 30 Km au sud de la capitale." Des photos de bergers, égorgés dans un village, frappèrent de plein fouet le jeune policier. Il y croyait, Balard, à tout ce folklore ! L'endoctrinement des masses, il ne voyait pas. Lui, Balard, il se devait d'aller là-bas et faire le ménage. Comme Marlowe l'aurait fait. T'es pas Marlowe, petit ! lui avait dit Grenelle. Tu marches à côté de tes pompes ! Marlowe, le privé ricain, devait se retourner dans sa tombe. S'il en avait une pour y faire sa seconde vie. Des corps d'hommes jeunes, des gamins, regardés par d'autres gamins, des yeux vides, froids, dénués de toute expression, glaçaient Balard qui recherchait le symbole caché.

Il se secoua. Sa mission, bien plus importante, était proche, réelle, non utopique. Bichon, le principal suspect du meurtre, vivait encore en toute quiétude, estimé de ses voisins, de ses amis, s'il en avait… Il avait déclaré ne pas posséder d'arme du genre de celle qui avait servi à abattre le gosse. Il disait avoir peur des armes en général. Le seul bruit des armes à feu l'effrayait. Il avait pourtant parlé d'une carabine similaire dont il s'était dessaisi auprès d'un ouvrier portugais parti pour l'Algérie. L'Ibère était porté disparu à Alger. Ou ailleurs, dans ce fichu pays où l'intégrisme avait fait son nid. Un "nid douillet" qu'il bétonnait. Point final. Sans suite ! La piste devrait s'arrêter là. Mais y'avait photo à l'arrivée ! Les résultats de l'enquête balistique avaient rendu leur jus !

À l'évidence la trajectoire du projectile coupait le linéaire de sa victime. Mais l'étude de l'oblique de la balle à l'intérieur du corps de Farid deviendrait intéressante à plus d'un titre, car elle formerait un angle qui délimiterait la hauteur d'où était parti le coup de feu avec le point d'impact qui aurait occasionné la blessure létale. L'angle ainsi formé donnerait la hauteur de l'étage. Balard avait une aversion pour les rapports des experts. Leurs plans, leurs schémas et leurs conclusions étaient du chinois. Mais imparables, implacables, ils fourniraient l'emplacement de la fenêtre du coupable. Celle qui se découpait dans la muraille verticale. Si le tir était parti d'une autre tour, d'une fenêtre différente, l'oblique serait autre. L'ogive serait entrée dans le poumon, créant un hémothorax, un autre immeuble, un autre étage, serait mis en cause. Or, il s'agissait de la carotide. L'angle accuserait le tireur aussi parfaitement que s'il se livrait lui-même. L'autre point débattu par l'enquête tournait autour de l'agression de la femme de Bichon. Mauricette avait vu son agresseur. Un Arabe. On pouvait en déduire la haine de Marcel Bichon pour ce type d'individu.

De là à...

Sous la lumière blafarde du soleil éclairant cette journée maussade, des traces de doigts et autres salissures marquaient les panneaux de verre se découpant dans le métal jaunâtre de la porte d'entrée de la tour. Balard fit le code d'accès et entra dans le hall. Sur sa gauche, un bloc de boîtes à lettres. Les loubards de la téci avaient essayé d'en arracher quelques-unes, mais elles tenaient encore. Elles pendouillaient pitoyablement. Il remarqua des restes de papiers calcinés, des cendres collées au sol. On avait mis le feu au container réservé à la collecte des publicités jetées par des locataires excédés. Ici, tout était lamentable. Les petites frappes avaient le beau rôle. Notamment celui de martyr de la société de consommation et l'excuse des difficultés liées au chômage. Bien sûr, le législateur avait pris de nouvelles mesures, revu le Code Pénal et celui de Procédure Pénale, mais il butait sur les mesures concrètes à prendre, celles qui devaient "mettre du plomb dans la tête" aux mineurs délinquants dont l'âge était à la baisse. Seraient-elles efficaces ? Dissuasives ? Il se posait la question, Balard. Il lut :

Bichon Marcel, 3ᵉ étage, porte verte. Son index appuya sur le bouton de l'ascenseur qui s'éclaira. Appel enregistré. L'intérieur de la cabine puait l'urine et du lacrymogène piqua ses muqueuses olfactives. NTM tagué sur les parois. La nouvelle expression écrite niquait le papier pour s'étaler sur les supports les plus inattendus.

Quelques minutes plus tard, il frappait à la porte de Bichon. Le battant verdâtre refusa de s'ouvrir. Il cogna à nouveau. Pas de réponse. Il remarqua des rayures horizontales, très probablement tracées avec un objet métallique. Lame ou clefs ? L'était pas aimé, le vieux. Bonjour la convivialité !

– Doit être parti à l'hôpital, dit une voix éraillée dans son dos.

Le policier se retourna vivement, aperçut un être sans forme. Une femme. Elle était vieille, vêtue pauvrement. Robe noire élimée, pull-over déchiré et sale, baskets aux pieds. Les mots étaient sortis d'un organe bucal mou auquel il manquait les dents du dessus. De la porte entrouverte se dégageait une odeur insoutenable. Comme en signe d'excuse, elle retira son dentier du bas et le brandit vers Balard. Elle émit des sons incompréhensibles et un peu de bave s'écoula de cette limace qui lui déchirait le bas du visage. D'un revers de manche, elle essuya la salive qui se perdait dans des rides profondes comparables à des rus aux rives délabrées. Lorsqu'elle réajusta son appareil, le jeune enquêteur avait quitté le palier.

– Êtes-vous certaine que vos listings sont à jour ?

La jeune Noire qui s'occupait du planning locatif à l'Office des H.L.M. regarda ce garçon penché vers elle. Un flic, ce mec ! C'est pas vrai ! Où ils vont les chercher aujourd'hui ?

– Oui, Monsieur l'Inspecteur, répondit-elle en appuyant sur le qualificatif de sa fonction, avec cette intonation chantante où perçaient les notes créoles des natifs des Antilles Françaises.

– Absolument aucun nom d'origine portugaise n'apparaît dans la mémoire de votre ordinateur ? Pourtant le type que je recherche est incontestablement ce Da Costa. C'est pas un nom breton, tout de même ! Vous allez bien me trouver un ou deux Portugais dans le coin ! Attendez ! réagit-il brusquement, serait-il possible qu'un homme ou un couple ne déclarent pas leur présence dans un appartement loué par un autre ?

– Affirmatif ! C'est comme ça que vous dites dans la Police ?

– Exact, approuva Balard.

Devant son air malheureux, elle ajouta :

– Des couples se forment et se séparent régulièrement sans que quiconque en soit informé. Lorsque nous enquêtons, nous découvrons des gens totalement différents de ceux qui devraient s'y trouver. C'est comme ça que des locataires paient pour d'autres. Mais comment savoir qui sont les autres ?

– Ils règlent leurs quittances de loyer par chèque. Ça, c'est une garantie, non ?

– Pas du tout, Inspecteur. Le paiement par chèque n'est pas obligatoire. L'Office accepte le liquide, à contre-cœur d'ailleurs, mais comment faire autrement ? Nous avons les interdits bancaires, les cas sociaux, etc.

Pour Balard ça devenait clair, Da Costa se cachait dans une de ces Tours. Il avait squatté le logement d'un autre. Plus ou moins légalement puisqu'il payait le loyer.

La mémoire de l'ordinateur n'y pouvait rien.

Da Costa était mort en Algérie.

Balard devait retrouver le cercueil.

Exhumer le corps pour preuve de toute erreur.

5

Derrière la vitre, les yeux sombres suivaient les mouvements de la Cité. Le soleil faisait ressortir la crasse accumulée, les restes des vidanges des poubelles qui n'avaient jamais vu le moindre mécano, noirceur en sus. Lugubre. Dans les branches des arbres rabougris, des guirlandes d'un genre nouveau brillaient bizarrement. Des rubans magnétiques de cassettes vidéo évidées de leurs moules plastiques, jetées par des gosses qui ne comprenaient pas la valeur des choses, fossé impossible à combler. Sur le parking, les carrosseries des véhicules lançaient des éclats aveuglants. Les yeux disparurent.

Des nuages masquèrent le soleil et les choses reprirent leurs couleurs habituelles. Salissure quotidienne. L'homme venait de reprendre sa place derrière la fenêtre. Le soleil était parti. Après tout il s'en foutait. Là-bas, sur la nationale, le trafic routier battait son plein. Un coup de patin, des pneus qui crissaient... Freinage en catastrophe... Aïe ! Non, pas de choc ! Pas moyen de rigoler !

Les veinards ! Ma Mauricette n'a pas eu autant de chance ! Mauricette... L'hosto... Les draps immaculés... Bichon aimait à dire : "Je suis une sentinelle, un guerrier, je veille sur votre sommeil". Deux jours auparavant, ça devait être mardi dernier... Oui, c'est ça, à deux plombes du mat', il avait discerné une silhouette adossée à un des arbres du parking. Il savait que la jeunesse n'avait plus la notion du temps dès qu'il s'agissait d'un rendez-vous galant. Mais, là, à cette heure avancée de la nuit... Fallait pas le prendre pour un con, le Bichon ! Il était resté, tel un chien de chasse en arrêt devant une proie, sachant qu'elle ne pouvait lui échapper. Il devait aller chercher son sifflet, celui que lui avait donné le flic de la Tour 4. Bien, le poulet ! Pas tous comme lui, merde !

Il devait abandonner son poste d'observation quelques secondes, le temps d'aller dans la salle de séjour, d'ouvrir le buffet, de se saisir de l'objet et de revenir dare-dare à sa place. Le type n'avait pas bougé, aussi il se décida à faire l'aller-retour. Revenu à son poste, il ne vit personne. Il écarquilla les mirettes, sans résultat. L'autre avait profité de son escapade pour disparaître. Non, il n'était pas loin. On ne prend pas le frais à deux heures du matin, sauf si c'est pour faire pisser le chien. Or, il n'y avait pas de clebs. L'homme était seul... Il pouvait le jurer. Deux voitures se trouvaient sur le parking. Une des deux attira plus particulièrement son attention. À cette heure le silence est quasi absolu. Or, il venait d'entendre des sons curieux, un cliquetis, quelque chose qui lui fit piger que le type n'était pas parti, mais qu'il avait tiré profit de son "abandon de poste" pour s'introduire dans la tire du locataire du 6ᵉ. Un brave homme, le type du sixième étage. À la retraite depuis huit mois, il venait de voir son existence basculer dans l'horreur la plus complète. Les médecins avaient diagnostiqué un cancer généralisé, un an, peut-être deux à vivre, pas plus, sa femme le savait, pas lui. Il allait régulièrement à la pêche, ramenait du poisson, l'offrait autour de lui. Un brave type… Et cet enfoiré de fils de pute allait lui tirer sa bagnole ! Pas question ! La congestion le menaçait.

Il crut qu'il s'apprêtait à étouffer tant la rage le tenaillait. Il ne pouvait pas laisser faire cette saloperie. Alors, le sifflet porté à ses lèvres, il le serra fort et souffla. Une, deux fois… Le son strident fut amplifié par la nuit, l'assourdissant, se mêlant à ses propres infirmités. Mais tant pis, il se devait de défendre le bien de ses amis. Tout d'abord rien ne se passa, rien ne bougea. Pourtant il était certain d'une présence à l'intérieur de la BX. La Cité retenait son souffle, complice, muette, accordant sa confiance à Bichon, surveillant elle aussi le véhicule afin que rien ne lui échappe.

Les secondes passaient, longues, pesantes, stressantes. Soudain, une portière s'ouvrit, mais personne ne sortit. Trop tôt, petit gars ? Ou trop tard ! Tu flippes, mec ? Tu crois que les flics sont là, à t'attendre ? Non, mec, c'est les filets du pêcheur qui vont se refermer sur toi, la Cité va se refermer sur ta pauvre peau de con, c'est elle qui respire, tu l'entends ?! Tu captes le sommeil des morts qui t'entourent ? Eh, tâche de merde ! Tu m'écoutes, raclure de chiottes !

Le temps parut suspendu, puis un individu s'arracha de l'habitacle et sortit le plus tranquillement du monde, sans aucune précipitation, refermant la portière comme s'il s'agissait de sa propriété. Alors, Bichon se déchaîna, faisant éclater sa colère, il hurla, siffla, agonisa d'injures le type qui, à présent, s'enfuyait à toutes jambes vers sa tanière devant se situer, là-bas, vers les "serpentins", habitations aux couleurs bleues pisseuses, quartier pourri, drogue et alcool... Bronx en état de gestation. Portes arrachées, égout à ciel ouvert.

Bichon était fier de lui. Il avait repoussé la menace qui guettait la Cité, "Ils" sauraient qu'il ne faut pas en franchir les limites. Sinon... Bichon venait de reprendre pied dans la réalité et s'aperçut qu'il avait combattu dans la chambre qui aurait dû abriter la jeune vie de son fils Lucien, décédé six mois après sa naissance, ce qui n'avait pas arrangé Mauricette, les plongeant tous les deux dans une apathie coupable. Ils avaient réagi, mais leur existence n'avait plus été la même. Ils se croyaient devenus inutiles, sans avenir, ressassant le passé...

Cela remontait à vingt-cinq ans en arrière, mais il en gardait tous les instants, toute la charge émotive qui était enfouie au fond de son cœur et dont le souvenir restait gravé dans son esprit. À jamais... Mauricette...

Soudain tout bascula. Deux garçons s'étaient installés à leur place favorite, un peu à la façon du clébard venant renifler son territoire, se disputant le premier tour de mob. Hargneux, teigneux, haineux. Ils se portèrent des coups de pied, firent tout leur cirque habituel, puis les choses se calmèrent et le moteur, enfin sollicité, vibra, rugit, se défonça. Le regard resta fixé sur l'image, celle qu'il ne voulait plus voir. Il allait devoir recommencer, et il recommencerait toujours pour qu'enfin cela cesse. Le sang cognait aux tempes de Bichon.

"Ils sont revenus les gosses ! Ils ont osé ! Une mort ne leur a pas suffi ! Ils veulent du sang ! On va leur en donner ! Ce sera plus subtil ! Moins vulgaire ! Promis, gamins ! Juré !"

Les yeux de Bichon lisaient sur les visages, telles des cartomanciennes voyant l'avenir se dessiner dans les mains de leurs clientes, dans les plissures de la peau, les sillons traversant la paume à la façon d'un réseau routier microscopique, transperçant le derme fragile, lasers cruels. Une folie démoniaque habitait les pupilles qui se contractaient à chaque brûlure, à chaque caprice du soleil. À présent, il flirtait avec la Tour 2.

Bichon identifia le jeune Balard qui venait de partir à la recherche d'un fantôme. C'est lui ! C'était l'emmerdeur qui venait de cogner dans la lourde ! Le trou-du-cul habillé à la con ! Un poulet, ça ! Allons donc ! Une chiure ! Le regard de l'homme qui épiait la Cité, la regardait pourrir lentement, était acéré comme la lame d'un rasoir. Il connaissait les uns et les autres. Il captait le moindre battement de cœur suspect. L'intrus était rapidement identifié comme tel, n'avait aucune chance d'apprendre quoi que ce soit, devait se retirer rapidement, de toute façon les portes se fermaient... À l'aurore, Bichon avait vu poindre le jour avec hostilité, ce qui caractérisait, chez lui, son refus de l'inéluctable. Il "sentait" la Cité. Cette odeur était sienne. Le caniche de la mère Duclos qui pissait contre la Peugeot moisie du locataire de la Tour 8. Un abruti le locataire de la Tour 8. L'homme n'avait pas répondu quand l'enquêteur avait frappé. La vieille, Madame Coquet, était une femme bonne et sage. Sans aucune finesse, elle pratiquait le coup du dentier à chaque visite suspecte. Et ça marchait ! Le flic avait demandé à voir le dénommé Bichon. Le vulgaire Monsieur Bichon ! Mais il n'existait plus. Il venait de grandir. Depuis qu'il éliminait les perturbateurs, rétablissant le silence, il prenait de l'envergure. Albatros flingué, il s'élevait au-dessus du panier de l'humaine condition. La Cité avait besoin de calme. C'était sa Cité, son calme. Il se devait de le maintenir. "Les commerçants de la place du marché, avait dit la Roussel, ils disparaissent sans être remplacés. Vous vous rendez compte ! C'est comme des ventres de femmes, Monsieur Bichon ! La charcuterie, la boucherie, et les locaux qui la jouxtent sont vidés de leur contenu. La banque ? Disparue. La quincaillerie, fermée. Ils ont saccagé le nouveau poste de police, à la voiture-bélier, Monsieur Bichon ! On l'a muré. Ils détruisent tout ce que l'on construit, ils pillent ou terrorisent nos pauvres négociants. Où on va, Monsieur Bichon ? Aux alentours de dix-huit heures – la nuit est déjà tombée à cette saison – comme les lampadaires cassés sont de moins en moins remplacés, un sentiment d'insécurité règne. Les voyous vont jusqu'à lancer des boîtes de bière sur les autobus qui passent dans le quartier, les abords des magasins sont peu sûrs et surtout... ces groupes de jeunes qui traînent en fumant leurs joints... On a peur, Monsieur Bichon ! Le blues des derniers commerçants du marché, en quelque sorte. C'est pas de moi, Monsieur Bichon. C'est un article de *Canal*. Oui, Monsieur Bichon, le "Bronx" ! Je vous le repète..."

Bichon s'était senti émerger de sa torpeur. Il avait découvert une femme paranoïaque, à la limite de la dépression. Il avait regardé cette bouche molle, aux lèvres ratatinées sur des dents absentes, les rides, le teint rougeaud... Il lui parut voir en partie sa propre image. Des gens sans importance. Il ouvrait une porte qu'il s'était toujours refusé à ouvrir. L'angoisse de ce qui pouvait se cacher derrière, telle la boîte de Pandore, l'horrifiait. Se découvrir un autre... Avec des particularités... Connaître à présent ce que savaient déjà les autres... Il avait chancelé un instant, victime d'un malaise passager, un vertige, les jambes qui flanchent. L'émotion de percer le mystère de son ego...

– Demandez à la Maria... Monsieur Bichon. Elle vous dira... Et les nomades, Monsieur Bichon ! Des épaves de voitures, des enfants dépenaillés, des femmes en fichus, des bivouacs de fortune à même la chaussée... Là, à côté, Monsieur Bichon ! Les trottoirs de la RN2 et Édouard-Renard, au pied des Tours blanches et de la Sécu. Les gens des pavillons étaient heureux, Monsieur Bichon ! Ils déféquaient sur place, sur le trottoir. Une horreur, Monsieur Bichon !

La Roussel ne lui laisserait pas de répit. Pas la moindre pitié, et il se contenait. Il parvint à se dégager de l'étreinte invisible tissée par cette mygale et réussit à se traîner jusqu'à sa tanière avec encore dans les oreilles ses lamentations qui se mêlaient aux bourdonnements, ce bruit continuel qui le rendait fou. Bichon devenait le gardien solitaire des blocs de béton s'élevant vers le ciel. Les nomades... Les flics allaient s'en occuper, les virer vers un ailleurs tout proche qui, tel un boomerang, nous reviendrait dans la gueule. Trois chiens avaient été empoisonnés... Aucun mortel ne savait... Celui de la Duclos serait le quatrième. Inévitablement... Leurs aboiements idiots étaient insupportables. Avant le sort du chien, il fallait liquider les deux garçons. Priorité rouge, Bichon ! Il avait dû voir ça dans un film à la télé. Ensuite ce serait le tour du scoot... Et la Cité, surgie de la gangue des terrains vagues, retrouverait sa sérénité au milieu des épaves humaines, mortelles et mécaniques, où çà et là poussaient quelques coquelicots, fleurs de misère sur terre de désespoir.

Balard ne pouvait retrouver cette enflure de Da Costa en se mettant au porte à porte. Non pas que ce soit impossible, mais même ayant sonné à la bonne adresse, il n'aurait pas obtenu de réponse favorable. Il n'était pas de la Cité. Il était "l'indésirable". Le Da Costa avait dû s'enfermer dans un tiroir. Sa femme avait tourné la clef et tout était dit. Non, il devait se mettre sur le dos de Bichon, telle une puce dans les poils d'un bâtard de clebs. S'il lui collait au train, l'autre le mènerait à coup sûr au Portugais. Les deux compères étaient de mèche. Restait à trouver l'un pour faire tomber l'autre. De plus, le dimanche du meurtre, Bichon n'avait pas d'alibi. Sa femme l'avait attendu en vain toute la sainte journée. L'hôpital avait confirmé. La marge d'erreur était faible. L'épouse n'avait aucune raison de mentir. Et Bichon ne passait pas inaperçu quand il venait lui rendre visite. On chuchotait qu'il pinçait les fesses d'une infirmière, pulpeuse à souhait. Elle aimait ça, la coquine ! Et d'autres l'enviaient.

Balard décida d'aller respirer ailleurs, de suspendre l'enquête, de revoir Sabine. Il repasserait demain aux aurores pour surprendre la brute. Et il ne la lâcherait plus. Le tube n'était pas loin. Des bus bourrés de masses laborieuses peinaient à avancer dans la circulation démente. Mais il ne vit plus rien. Seule Sabine, cette garce, était présente à son esprit.

*

Le bruit, sourd au début, devint effroyable. Les bouteilles dans leur chute libre du douzième, huitième, cinquième étage, s'éclatant contre les parois du vide-
ordures, firent voltiger dans tous les sens des éclats de
verre mortels qui enlevaient des morceaux de détritus en
décomposition collés sur le béton. Nichées dans les
alvéoles qu'elles avaient confectionnées au hasard le
long du conduit exigu, les petites formes grises ou rouges
se tassaient du mieux qu'elles pouvaient dans les anfrac-
tuosités afin de ne pas être happées par le déluge qui les
menaçait.

La colonie s'enfonçait le plus possible dans tous les
interstices, évitant le danger venu d'en haut. La plupart
du temps, le fracas qui surgissait de cet espace lointain
précédait, pour nombre de cafards de la colonie
grouillante, une mort certaine. Leurs corps s'étaient habitués à ce tremblement, à subir du bout de leurs antennes
l'objet qui passait dans un courant d'air violent, emportant des corps gigotants, entraînés à jamais dans l'abîme.

Quelques milliers de blattes formaient cette communauté d'insectes marginaux, occupant les endroits
humides, obscurs et puants : débarras, caves ou cages
d'escaliers. Mais le Dieu-Vide-Ordures, pour sa fonction
alimentaire, restait leur terrain d'élection.

La colonie, qui s'alimentait des reliefs de nourriture
accrochés sur quelques saillies de béton, ne s'en satisfai-

100

sait pas. Toutes ces calories éparpillées servaient surtout à nourrir les jeunes larves. Les adultes devaient pourvoir à leur nutrition au cours d'expéditions aventureuses et particulièrement dangereuses.

Dans la pénombre de leur ville souterraine, verticale, le repérage géographique ne pouvait s'opérer que sur de courtes distances d'exploration. Le risque d'être percutés, emportés, écrasés et broyés par des chutes diverses, conduisait les cancrelats à la plus grande prudence. Mais, lorsque le silence s'installait, des groupes se formaient avec minutie, attendant le signal d'un chef de file. L'objet de ces formations, essaimées un peu partout sur les quatre pans du conduit, était la "nourriture".

En dehors de la clarté qu'ils apercevaient là-haut, cette lueur tantôt pâle, tantôt sombre, qui n'était qu'une borne de leur territoire, il y avait ce bas-fond immonde qui, depuis toujours, engendrait une peur ancestrale. Aucun cafard ne s'y risquait, hormis quelques intrépides qui ne purent rapporter le fruit de leur exploration, noyés dans l'humus nauséabond.

À intervalles réguliers, dans la montée du conduit, il y avait ces fameuses brèches qui s'ouvraient et se refermaient à des moments imprévus, dans des claquements secs, épouvantables. Par ces lucarnes d'acier qui se rabattaient sans arrêt, certains des leurs parvenaient à gagner ce monde clair et plein de mystère, d'où beaucoup ne revenaient jamais.

*

L'odeur forte qui suintait des murs gras provenait d'une croûte épaisse, composée de plusieurs couches de traînées noirâtres, qui avait fini par bétonner les parois de la colonne du déversoir d'ordures ménagères de la Tour 8. Depuis près de vingt ans aucune entreprise de nettoyage n'était passée afin de gratter toute cette saleté. Et ne passerait sans doute jamais. Trop cher pour la collectivité ! Pauvre collectivité ! Elle était juste bonne à payer les loyers et les charges en constante augmentation.

– Tu bloques la porte avec l'entrebâilleur, chérie ! lança Monsieur Lalande à son épouse. Tu sais que les étages sont peu sûrs avec la meute de toxicos qui hantent les escaliers ! Dis-moi que tout va bien une fois que tu seras dans le local ! Ils verront que tu n'es pas seule !

Toutes ces précautions agaçaient madame Lalande, mais elle acceptait le fait qu'elles soient indispensables, vu l'insécurité qui régnait dans la Tour malgré la pose d'un digicode soi-disant inviolable. Il fallait savoir que les enfants s'échangeaient à l'école les codes secrets.

Elle ouvrit avec sa clef la porte vitrée opaque et se dirigea vers le vide-ordures réservé à l'évacuation des déchets des produits de consommation courante. La jeune femme tira l'abattant vers le bas et déposa le sac rempli des reliefs du repas dans l'ouverture qui l'avala. Ce fut à cet instant qu'elle écarquilla les yeux, partagée entre la surprise et le dégoût. De petites formes aux couleurs imprécises gigotaient sur les parois, couraient dans tous les sens, mais vers un but précis : échapper au "monde vertical", à cet abîme sans fond qui les retenait prisonnières.

Le cri de sa femme lui parvint alors qu'il se trouvait installé sur le canapé face à la télé qui diffusait l'émission du "Bigdil".

– Robert !!!

Lalande déboula sur le palier. Affolé, il crut tout d'abord à un camé qui aurait fait peur à sa femme. Or l'étage était désert. Aucune porte ne s'était ouverte. Chaque foyer cultivait sa lâcheté. C'est alors qu'il pénétrait dans le local qu'il vit une chose incroyable. Il reconnut immédiatement des milliers de blattes formant une masse compacte qui s'écoulait vers le sol, certaines de ces créatures infectes s'infiltraient déjà dans les pantoufles de sa femme qui restait tétanisée.

– Des cafards... balbutiait-elle. Il y a des cafards sur le mur, partout...

*

"Il m'a tout de suite frappée à la tête avec une matraque" continuait Mauricette, d'une voix faible et chevrotante. Elle se trouvait encore sous le coup de la peur. Les traits fatigués, la femme de Marcel Bichon émergeait des draps de l'Assistance Publique des Hôpitaux de Paris où le SAMU l'avait conduite. Accablée de lassitude et d'émotion, des bandes de sparadrap collant l'aiguille du goutte-à-goutte piquée dans sa veine, le mince cable de plastique relié à l'appareillage de transfusion, le "bassin" pour les besoins naturels. L'univers de Mauricette avait brutalement basculé.

Bichon avait les yeux ouverts sur des images terribles. Les marques relevées sur le corps de sa femme, larges surfaces violacées, rougies, la vision du couteau pénétrant par trois fois sa chair, à la cuisse, à l'aine et à l'estomac. Dans le lit où dormait sa Mauricette – aujourd'hui vide de sa chaleur – il ne pouvait s'empêcher de repenser à ce qu'elle lui avait raconté. Il revivait son calvaire, sa souffrance. Il ne pouvait dormir. Le réveil affichait : 3h00. Ses yeux lui faisaient mal, ses paupières étaient lourdes, mais il n'arrivait pas à sombrer dans le sommeil. Il revoit le jeune beur dans la poubelle orange. Il compare sa résistance à celle de Mauricette, au mal subi dans ce parc où elle voulait marcher un peu avant de rentrer à la maison. Son agresseur l'avait abordée près de la Tour 8, l'avait incitée à le suivre vers le local des poubelles où deux jeunes gosses du quartier arrachaient les couvercles pour en faire Dieu sait quoi. Il l'avait mise en confiance, puis, arrivés à l'endroit qu'il avait choisi, il l'avait aspergée de gaz lacrymogène paralysant, puis lui avait cogné la tête contre la paroi grasse, une fois, deux fois, trois... Mauricette avait perdu connaissance. Elle se souvenait être devenue molle, sans résistance. Ensuite tout avait été facile. Dans l'obscurité de sa chambre, les images se découpaient sur le plafond, imprécises, jusqu'à devenir nettes, déroulement au ralenti… "Tais-toi ! criait-il. Tais-toi ou je te tue !" Mauricette parlait. Elle racontait son supplice. Marcel Bichon l'écoutait dans le silence complice de la chambre.

"Quand j'ai rouvert les yeux, il m'entraînait vers un buisson. J'étais certaine qu'il allait me violer. Je me suis mise à hurler de toutes mes forces. Pour alerter quelqu'un. Mais le parc devait être vide. Personne n'est venu m'aider. Ne serait-ce que pour lui faire peur." ajouta-t-elle d'une voix craintive.

Bichon pensait au rebeu. Lui aussi était seul. À part quelques rats qui disputaient les restes aux chats en maraude, il n'avait aucune chance. Trop tard, mec ! Le gardien le remarquerait peut-être en sortant les poubelles.

"J'avais envie de hurler, poursuivait Mauricette. Mais l'homme m'a gueulé de me taire. Alors, ça a été plus fort que moi… J'avais la trouille devant son couteau à découper le gigot. Brutalement, comme s'il venait de changer d'avis, il m'a relâchée. Il a arraché mon sac, celui que Marcel m'avait offert à mon dernier anniversaire, que je portais toujours en travers de la poitrine, la lanière passée autour du cou. Il s'est mis à fouiller dedans. J'entendais sa respiration, haletante, sifflante, le bruit des objets qu'il jetait à terre. Je n'avais pas d'argent, tout au plus un billet de cinquante francs. Je croyais deviner sa fureur lorsqu'il l'aurait compris. À moins que… J'ai cru, sottement, qu'il allait partir, me laisser. Je n'ai pu me retenir de crier. Il a jeté le sac et s'est retourné vers moi, les yeux pleins de fureur, de rage non contenue. Il me semblait qu'en m'égosillant j'ameuterais le quartier, réveillerais une conscience ou deux, mais rien ! J'allais me faire découper dans la plus totale indifférence. J'ai vu la lame, ma bouche était sèche, je tremblais de froid. Je m'obligeai à contrôler ma respiration, puis je perdis à nouveau les pédales... Trois fois... Le couteau me transperça le ventre. Il prenait son élan pour faire sa besogne, percer la chair, aller le plus profond possible... Avec des yeux fous, mais aussi la peur, il transpirait de peur, il puait la peur et le fauve... J'avais fermé les yeux et puis..."

"Il s'est enfui à travers les bosquets... Je suis dans l'incapacité de le décrire, mais j'ai la certitude qu'il est d'origine arabe... Il a parlé en arabe... En dehors de ça, je n'ai vu que ses chaussures."

Le Commissaire qui avait convoqué Bichon, lui avait dit nettement son inquiétude. Si la victime avait gommé tout souvenir, son agresseur pouvait ne jamais être arrêté, sauf cas similaire. Et encore ... C'était la première fois qu'un maniaque au couteau était signalé dans le parc.

Bichon ne trouvait pas l'oubli. Au pied du lit, il regardait sa femme, voyait ses blessures, le Commissaire, ce qu'elle racontait, ce qu'elle ne pouvait décrire, ce qu'elle avait ressenti profondément, trop sans doute, à cause de cette brute, cet animal. La plaie morale, la fêlure psychique, de celles qui ne se referment pas.

6

À cinq heures, Faugel, chaussé de solides rangers, sortit de la loge qu'il occupait avec son épouse, "Poupée", surnom donné par les gens de la Cité. C'était une femme rudement bien fichue, maquillée avec recherche, qui donnait l'impression à tout instant de la journée d'avoir juste quitté le salon de coiffure. Elle était rayonnante et accueillante. Seuls quelques confidents savaient que "Poupée" était atteinte d'un cancer, un mal qui la rongeait à petites doses en cachette. Elle le protégeait en son sein, maternellement, comme si le perdre représentait un danger. Personne ne devait savoir. Pourtant...

Faugel était mal réveillé, pas rasé, habillé à la hâte. C'était pas humain de faire lever si tôt un homme de son âge, pour sortir les poubelles, respirer les odeurs si particulières des déchets vomis par les lucarnes d'acier au gré des usages des locataires. "Poupée" avait gémi dans son sommeil et ses mains s'étaient portées à sa poitrine. Il savait pourquoi ses doigts se crispaient sur le tissu de son vêtement de nuit, sur la peau satinée des globes d'amour auxquels il avait rendu hommage il y avait bien longtemps. Un jour, elle s'était confiée, lui avait dit que c'était son enfant, celui qu'ils n'avaient jamais eu, qui se vengeait à sa façon, qu'il ne fallait pas lui vouloir du mal. C'était leur petit, à tous les deux, elle avait dit. Il avait cru que sa raison basculait, qu'il devait en parler au docteur, celui qui visitait gratuitement les plus démunis. "Poupée" lui avait souri et ses craintes les plus folles s'étaient envolées. Et puis, ces choses-là, on n'en parle pas au Docteur.

Faugel ressentait une douleur pernicieuse montant de son bassin, qui lui laissait craindre une crise d'arthrose. Cette putain d'arthrose lui brûlerait le bas du dos et il devrait s'aliter en abandonnant sa charge à "Poupée", tandis que s'opèrerait le long processus d'effritement des os, lentement, très lentement et qu'il serait alors remplacé par le gardien de l'Ilot 24. Un sale type, le Gardien de l'Ilot 24. Cela devenait insupportable.

Il décida de commencer par les Tours 1, 3 et 6 et de finir par la numéro 8. Il alluma la lumière du local à poubelles et découvrit la masse immonde de cafards grouillant autour du container à ordures. Il faisait le geste, tant de fois répété, de rabattre le couvercle, quand il fut étonné de voir la forme prise par les détritus dans la poubelle. Ils adhéraient à une espèce de construction humaine, quelque chose de vraiment bizarre, quelque

108

chose… Faugel s'arma alors d'un bâton qui traînait là et se mit à farfouiller dans les restes de purée, de reliefs de couscous royal, de couches de bébé, de linges hygiéniques et autres matières.

Ce qu'il découvrit le glaça, lui faisant lâcher son bâton. Il recula jusqu'à la porte et sortit du réduit. De là, il courut vers la loge et une fois réfugié à l'intérieur, il décrocha le téléphone et composa le numéro qui le mit en communication avec une voix anonyme et impersonnelle, celle du radio de permanence du Commissariat de Police.

— Allo, Police !

— Parlez, je vous écoute, répondit aussitôt un fonctionnaire ensommeillé par une nuit de veille.

— Je suis Monsieur Faugel. Je vous appelle parce que j'ai découvert quelque chose d'horrible… Le corps d'un jeune dans la poubelle de la Tour 8.

*

— Ça continue, Grenelle !

Le Patron avait sa tête des mauvais jours, c'est à-dire celle qu'il trimballait au quotidien. Un rhume en sus. Connaissait pas Actifed, le tôlier ! Le Capitaine n'avait guère de biscuits à lui offrir, aussi joua-t-il le naïf, espérant que Dobey allait gober sans broncher.

— Je ne comprends pas, Patron !

109

– Ne vous foutez pas de moi par-dessus le marché, mon vieux, parce que deux morts dans la même cité, ça ne vous suffit pas ! Sans oublier le drame de la rue de la Pompe, en plein seizième ! Trois cadavres à la Une des canards, trois beurs, Grenelle ! Inutile de vous dire que là-haut on va pas me rater. Si vous n'arrêtez pas le débile qui nous efface des jeunes d'origine maghrébine, Grenelle, nous allons à la cata ! Le Ministre lui-même a bavé dans l'oreille du Directeur et l'Intérieur parle sérieusement de réorganiser certains services. Vous savez de quoi je parle, au moins ? La réforme, Grenelle ! Trois têtes dirigeantes et des poissons-pilotes. Nous faisons partie de la seconde catégorie. On va y laisser des plumes, Grenelle !

– Je bute sur le mobile, Patron. Alors je me pose des questions. Racisme, vengeance, gratuité de l'acte, folie homicide subite ? Je pencherais pour la vengeance et la folie qu'elle a pu engendrer. Les témoignages recueillis auprès des gens de la Cité nous offrent un cocktail de présomptions. Il y a de quoi faire. Des portes ouvertes à refermer. Les jeunes cons qui tournent sans arrêt avec leur mobs, leurs scoots, empoisonnent la vie de ceux qui ne travaillent pas ou qui reviennent d'une nuit ou d'une journée de labeur, crevés, stressés, à cran. La bombe à retardement par excellence. De plus, le dimanche est sacré pour eux, et c'est le détonateur. Si Bichon a tiré, nous pouvons invoquer la folie homicide. Mais coincer un gosse dans une poubelle, après l'avoir préalablement assommé et gazé, relève de la démence pure, ou d'une monstrueuse envie de faire justice soi-même, de laver une souffrance intime qui vous étouffe au point de tenter n'importe quoi pour se guérir. Quoique les deux options soient assimilables, se confondent sur le fond.

Nous savons que la bonne femme de Bichon est à l'hôpital pour avoir traversé un parc au mauvais moment, le jour choisi par un fêlé adepte de l'agression à l'arme blanche, à large lame de préférence, les lésions internes laissant apparaître une perforation de six centimètres environ de largeur au niveau de la garde, et quinze de profondeur. Oui, Patron, je m'étonne qu'elle vive encore, fit-il devant l'expression de Dobey, la bouche ouverte, muette devant l'horreur subie par Madame Bichon. Quinze cent... Cet individu, elle le reconnaît formellement, continua Grenelle, comme étant Arabe, d'après sa voix. C'est très mince, Patron... Nous devons rechercher un joueur de couteau arabe, Patron ! Pas de signalement particulier, pas de descriptif, rien ! À moins d'un coup de chance, ce à quoi je ne crois pas, qu'il refasse une nouvelle fois le con, une récidive étant toujours possible, nous risquons de lui courir après pendant longtemps. L'I.J. a fait provision d'échantillons qui pourront servir plus tard à confondre l'assassin. Oh, rien de bien original, Patron ! Des éclats de verre, un mouchoir en papier détrempé, un "crasseux" auquel il manquait trois dents, des débris divers et infâmes, des préservatifs, usagés bien entendu, des fibres de toutes sortes, microscopiques, tout ce qui pouvait traîner autour du corps de la victime. C'est parti à la morgue, quai de la Râpée. Les O.T.[1] du crime.

— Bichon aurait tué deux enfants, type N.A. pour assouvir une rancune déclenchée par l'agression de son épouse ? C'est votre position, Grenelle ?

— À mon sens, oui, Patron !

— Donc, nous aurions au moins deux individus, logeant dans la même Cité, pris d'une rage homicide à la suite d'un fait quelconque, qui se décident à supprimer des gosses et effacent les mobiles de leurs actes. Nous en avons un, mais il nous manque l'arme du crime. Après l'interrogatoire de pure routine, pardon, Grenelle, l'audition, le Procureur a décidé sa relaxe. L'autre est mort en Algérie. Malgré nos demandes d'information auprès de notre Ambassade à Alger, nous piétinons. Sur les listings des entreprises algériennes, ils ont découvert des tas de Da Costa. Morts ou vivants. Lequel parmi les vivants, Grenelle ? Il pourrait très bien se trouver au Kosovo ou en Macédoine ! C'est un maçon comme tous les Portugais, ou presque. Il peut construire ou se cacher. Milosevic est encore en liberté. On peut tout supposer, Grenelle !

— J'en suis convaincu, mais tant qu'on ne mettra pas la main sur Da Costa... J'ai collé Balard sur les traces du Portugais. Ça donne rien. Disparu. Dans ce genre de cités on ne peut savoir qui est qui !

---

1. Objets trouvés.

– La liste des locataires sert à quoi, s'emporta Dobey ?!

– Ils s'en vont, d'autres prennent la place laissée libre sans avoir à être déclarés à l'Office qui a d'autres chats à fouetter, notamment la chasse aux mauvais payeurs, les fuites d'eau ou les chiottes qui débordent... De ce fait le nom de l'ancien occupant reste sur le planning tandis que celui du nouvel arrivant ne figure nulle part. À nous de chercher, Patron !

– Cherchez, mon vieux... Et trouvez.

L'entretien était terminé. Grenelle sortit du bureau.

En poussant la porte du local réservé aux Lieutenants, le Capitaine tomba sur Balard. L'enquêteur prit l'air penaud de celui qui vient de se faire piquer alors qu'il fauchait des sous dans le porte-monnaie de sa mère.

– C'est ton passage chez les refroidis qui te fait cette tronche ?

– La mort du gosse... Celui de la poubelle... Ça m'a bouleversé. Je me sens fautif... Les morceaux de verre retrouvés dans les cavités osseuses de la face qui ont tranché les globes oculaires comme du vulgaire papier à cigarette... Et l'ordure qui l'a traîné là !

– Arrête de déconner, mec, parce que si tu écoutes la légiste, elle te fait dégueuler dès qu'elle ouvre le sternum avec son foutu scalpel, enfin quoi, tu sais qu'il s'agit de ce qu'ils appellent le "plastron". Elle a fait ses prélèvements devant toi, c'est ça ? Elle a scié la boîte crânienne, retiré la calotte et saisi un morceau du cerveau de ce brave garçon ?

Si tu veux du macabre, je peux t'en donner ! Encore et encore ... La conne qui s'est balancée du 22e étage de la Tour des Orgues... les pompiers l'ont décollée à la lance à incendie ! Et le petit père décortiqué à la tenaille dans la Tour 6 par... Oh, et puis merde ! Viens, je te paie un café !

– J'ai été à l'école... commença Balard, tandis que le jus noirâtre s'écoulait dans le godet de plastique moulé. Tu sais, l'école qu'ils fréquentaient. Là, on m'a dit...

– Qui "on" ? le coupa Grenelle.

– Leur maîtresse, tiens ! Ils étaient inséparables. Les doigts de la main. Mais... le plus curieux c'est qu'ils étaient trois. Le troisième s'appelle Roberto Pereira, d'origine portugaise. Il ne quittait jamais ses copains. Les trois mousquetaires. Manque le quatrième, ajouta-t-il, après réflexion. Aramis, pas encore recruté.

– Si, dit Grenelle. Mais c'est une femme.

– Tu veux dire quoi, là ?

– La jeune arabe, Yasmina.

– Merde ! lâcha Balard. Il faut les trouver... avant LUI.

– Ouais, parce que LUI sait déjà où les trouver.

– Tu as les analyses, petit ?

– Elles sont sur ton bureau. J'en arrive, et crois-moi, c'est pas jouasse. J'ai gerbé à cause de l'odeur.

– C'est pourtant pas la première fois que tu mets les pieds au frigo !

– Le mec sur la table en fer devait avoir une bonne bouille avant que les écrevisses la lui bouffent. Le con de permanence n'avait pas fait le ménage ! Et les bestioles continuaient à le becqueter avec un plaisir gourmand. Et devant moi ! Tu parles d'une éducation !

– Balard, t'es le martyr du groupe, compatit Grenelle, moqueur. Bon, alors, pour notre client ?

– Il est certain qu'il a inhalé du gaz irritant, du lacrymo, balancé par le taré qui l'a agressé. On a constaté bon nombre de fractures du crâne et de l'ossature du squelette, dues, sans le moindre doute possible, à la chute des bouteilles dans le conduit. Balancée du 12e, la boutanche t'arrive sur la gueule avec la puissance d'une bombe.

– C'est de toi, ça petit ?

– C'est une libre appréciation, oui. D'après la toubib, il aurait beaucoup souffert. La première bouteille ou, à première vue, le corps dur initial qui l'a atteint, lui a laissé le temps de crever. Raison invoquée : asphyxie. De toute façon, coincé comme il l'était, il n'avait pas la plus petite chance de fuir.

– C'est tout, petit ? le relança Grenelle.

– La présence de cafards dans les oreilles, l'orifice nasal, coincés dans les muqueuses, et une nuée dans le tube digestif. Le reste est trop technique et relève de ta compétence.

– J'aurai le salaud qui a fait ça, grinça Grenelle. Je te le jure, petit !

– Tu vas planquer au domicile de ce Bichon avec la Renault. Je sais qu'elle est pourrie et qu'elle a un phare de cassé, mais c'est la seule qui reste. T'as pas le choix, à moins que tu veuilles assurer la surveillance pendant une dizaine d'heures sur le bitume. Je te ferai relever par Graziani. OK, petit ? cherchait-il l'approbation d'un Balard qui avait l'esprit tenaillé par une cruelle alternative.

– Ouais, j'ai compris, chef, lâcha-t-il d'un air las.

– Tu pars de suite, hein !

– Si elle veut démarrer, elle.

*

Elle avait démarré. Pour tomber en panne sèche cent mètres plus loin. Personne n'avait vérifié le niveau d'essence. On s'en servait jusqu'à la mise en rade. Balard avait gagné à pinces une station-service. Le pompiste lui avait fait remarquer avec un plaisir évident que, pour un flic, ça la foutait mal, que c'était pas très malin, mais que ça pouvait arriver à tout le monde. La preuve ! L'enquêteur s'en foutait royalement. Ce qui l'agaçait, c'est qu'il devait payer le carburant. Il mettrait la facture sur la note de frais. Il lui fallait avancer l'argent. Et, de l'oseille, il n'en avait pas des masses. Tout juste de quoi s'offrir un casse-croûte. La boisson, négatif ! Quelle bande de putes, grogna l'enquêteur tandis que le préposé aux pompes le dépannait avec un bidon d'huile en guise de jerrycan. Voilà, dit-il, ça vous permettra de revenir faire le plein. Faire le plein, il en avait de bonnes, lui ! Il lui ferait crédit, peut-être ! Il injecta le contenu du bidon dans le réservoir, le ferma avec un chiffon – le bouchon de verrouillage, disparu depuis longtemps, n'avait jamais été remplacé – et démarra. À chaque changement de vitesse, il passait en force et la boîte craquait.

Les Tours se découpaient dans un ciel rougeâtre. Il les trouva monstrueuses. Il se sentait tout petit face à ces géants de pierre, titans du vingtième siècle. Le ciel de feu, traînées de sang lumineuses, filaments blancs mêlés au rouge, accentuait leur monstruosité. Balard engagea l'épave dans la rue de Bichon. Elle toussa deux ou trois fois avant qu'il la gare sur le parking entre une Opel grisâtre et une Peugeot orange. Quelle faute de goût, pensa-t-il. De là, il avait vue sur l'entrée de l'immeuble. Il remarqua des allées et venues répétées de jeunes Blacks qui sifflaient au préalable pour avertir quelqu'un. Des accros de la dope. Quel foutu monde de merde ! Il avait une bonne heure à attendre que l'honorable citoyen qu'était Marcel Bichon daigne regagner son foyer. Il travaillait aujourd'hui. Ils avaient vérifié. Mais rien ne disait qu'il rentrerait. Balard se cala consciencieusement les fesses sur le tissu bleu gris dont une partie de la trame s'effilochait, allongea les jambes du mieux qu'il put et appuya la nuque contre le haut du siège. Merde, il voyait plus rien ! Il corrigea sa position, régla le rétro et mordit dans son sandwich. Il avait les crocs. Pas fabuleux le jambon-beurre ! Pas assez de jambon ou trop de pain. Il n'osait pas regarder entre les tranches. Des fois que le jambon soit passé du rose au verdâtre. Très faible teneur en beurre ou pas de beurre du tout. La boulange avait trop cuit ses baguettes, et il avait rien pour faire glisser. À la dernière bouchée il décida d'en griller une. La clope au bec, il vit ressortir les Blacks qui vociféraient avant de s'éloigner et disparaître au coin de la Tour. De la main gauche, il fit descendre sa vitre et reçut dans les narines une odeur d'essence qui effaça celle du moisi de la voiture. D'autres effluves vinrent taquiner ses muqueuses. La rouille de l'Opel. La carrosserie était dentelée au niveau du bas-de-caisse. La pisse de chat. L'humidité. Un cocktail musclé, quoi ! Il naviguait dans les supputations de l'engrenage dans lequel il croyait que Marcel Bichon était mêlé, lorsqu'une ombre, sur sa gauche, attira son attention. Il vit deux grands yeux noirs, un petit nez et une bouche qui disait quelque chose. Il baissa un peu plus la glace.

– Dis, Monsieur, tu fais quoi dans ta voiture ?

Interloqué il était, Balard. Que répondre à cette enfant ? Qu'il attendait l'éventuel assassin de deux gosses du quartier ? Qu'il ne devait pas être dérangé ? Non. Il sourit à l'enfant, se perdit dans les yeux noirs immenses, y découvrit un monde lunaire, imaginaire. Mais la fillette le rappela à la réalité.

— Il faut pas que tu restes là, Monsieur. C'est la place à mon papa et il sera pas content, tu sais.

C'était sans appel. Si le père rappliquait, ça risquait de faire un beau scandale et il n'avait pas les moyens de se le payer. Marlowe, lui, s'en serait tiré ! Balard perdait l'avantage de repérer Bichon. Il ne retrouverait pas meilleur poste d'observation. Et il devait rendre des comptes ! Merde, il était peut-être rentré le vieux con ! On croirait jamais à une gamine impertinente. Une gosse qui aurait viré Marlowe comme une grande, pour faire de la place à son père.

– Je dirai à papa que tu as pas voulu partir, que tu as fait semblant de penser à autre chose, continuait la fillette aux yeux immenses. Il va avoir une grosse colère, tu sais, Monsieur. Je t'aurai prévenu, Monsieur, gazouilla-t-elle dans une volte-face qui permit à Balard d'apprécier sa silhouette, fine, formée, ses petites fesses serrées par le pantalon ajusté couleur brique, le blouson beige, les cheveux châtain clair bouclés.

Un air frais, nouveau, pénétra l'habitacle confiné, enveloppa Balard, le propulsa dans un monde de chaleur, de douceur et de senteurs fruitées. Un méchant coup de klaxon le tira de son rêve embaumé. Par la vitre ouverte une voix d'homme l'agressa.

– Ça vous dérange pas d'occuper la place payée par un contribuable honnête avec votre poubelle !

Déranger, Balard ! Non, ça le dérangeait pas. Ce devait être le père de la gosse. Il piquait sa colère. Fallait l'affronter. L'adoucir. Elle connaissait son père, la gamine. Contribuable honnête, il avait dit. Il avait de la gueule, ça c'était une certitude. Mais oser dire qu'il jouait le jeu ! Il n'y avait, pour Balard, que des fraudeurs. C'était son opinion. Il s'était ankylosé et il se trouvait de mauvaise humeur. Il critiquait toujours quand il était en rogne. Il mit plusieurs minutes à s'extraire de la Renault. Il avait devant lui une masse humaine qui contrastait fortement avec le petit bout de chou sucré qui l'avait abordé gentiment et prévenu comme son ange gardien.

— Dis-donc, minable, faudrait évacuer le terrain ! Tu gênes, vu !

Balard trouva qu'il empestait le tabac, mais crut bon d'imiter Marlowe et de présenter à Brutus sa médaille de police. Le sésame qui ouvrait toutes les lourdes et qui fermait bien des bouches. Le mot "Police" fit rugir le monstre tel un taureau dans l'arène face au matador pour l'estocade.

— En plus, "Monsieur" est de la Police ! Il croit avoir tous les droits, le poulet ! Je rentre crevé du boulot, ma femme et ma fille m'attendent, et je trouve quoi à ma place de parking ? Un flic ! Merde, alors !

— Bon, je dégage votre propriété ! concéda Marlowe-Balard.

— Faut pas vous dire merci ! vociféra-t-il.

Balard tourna la clef de contact, mais rien ne se produisit.

— Vous allez pas me dire que vous êtes en panne ! cracha "Brutus" qui retournait à sa voiture. Une 306 grise, flambant neuve.

Il allait se gêner, Balard ! Un peu qu'il allait le lui servir, glacé et en pleine gueule.

– Si, je vais te le dire, papa, et te dérange pas pour me donner un coup de main !

– Qui me prouve que vous êtes flic ? fit-il, douché, mais devenu soupçonneux tout à coup. Il revenait à la charge, l'enflure !

Balard jubilait. Marlowe aurait pas fait mieux.

– Oh, ça va comme ça ! s'emporta-t-il, se maudissant de n'avoir pas écouté les "yeux noirs", en décrochant le capot de l'intérieur.

– Je t'avais dit, Monsieur, que mon papa il aimait pas qu'on lui prenne sa place. Maintenant il est très fâché. Tu l'as retardé, Monsieur, et Maman est pas contente du tout. Elle t'a vu de la fenêtre et elle m'a renvoyée pour que je te dispute, et aussi pour que vous vous battiez pas, toi et mon papa.

Balard comprenait que la gosse était revenue chercher son père pour éviter un affrontement entre les deux hommes. Elle babillait, tel un piaf, autour de lui et du monstre qui lui tenait lieu de géniteur. Balard était plongé dans l'étude et la contemplation des durites mises à nu par l'usure et le manque d'entretien et pas remplacées par les S.T.[1] du Garage Central. Tout le monde s'en foutait. Idem pour le filtre à air, les bougies et la struc-

---

1. Services Techniques.

ture générale de l'ensemble-moteur de la Renault, qui passait 23 heures au garage et une heure en service avant une nouvelle panne...

— Ça va pas en rester là ! menaçait le monstre. C'est pas parce que ma fille nous tourne dans les jambes que vous allez vous en tirer à si bon compte ! Je vais écrire au Préfet de Police pour que l'on vous inflige une punition. Vos supérieurs apprécieront votre façon de travailler. C'est une honte !

— Au lieu de vous exciter, le calma Balard, aidez-moi à déplacer la voiture.

— Démerdez-vous tout seul, mon vieux ! rétorqua l'autre. Je paie pas des impôts pour vous aider à réparer vos conneries !

Balard avait une furieuse envie de lui foutre sur la gueule, mais le petit être qui venait de prendre la main de son "papa" dans la sienne l'en empêcha. Son voeu était exaucé. Il dut pousser la Renault pour dégager l'emplacement du monstre. La Peugeot s'y coula sans bruit. L'impasse était faite.

Balard ne savait même pas le prénom de la fillette.

7

– Hé, Monsieur Balard !

C'était la vieille Dall'orto, la Ritale du deuxième, la perruche de l'escalier 4, qui m'apostrophait.

– Oui ? je répondis.

J'en avais plein les bottes. Je revenais de la Cité maudite.

– Augusta a été assassinée. Étouffée avec son oreiller, Monsieur Balard. Ç'a été horrible. La pauvre... Elle était sourde comme un pot... L'a pas dû entendre le type... Finir comme ça, Monsieur Balard...

– C'est pas joli-joli, je compatis.

Pour la forme, car je m'en fichais de cette Augusta que j'entrevoyais de temps à autre. J'étais vanné, vidé, fini, honteux. Mon combat avec le monstre, la tire à déplacer, l'explication avec ce connard de Graziani, le chassé-loupé avec Bichon, le gus du Garage Central qui m'avait envoyé paître, sous le prétexte qu'il finissait son service à dix-neuf heures, qu'il était six heures cinquante minutes, plus exactement dix-huit heures cinquante, que la dernière grue était partie sur un refroidi au fusil de chasse dans un parking, que le syndicat... Merde, j'en pouvais plus ! Cette vie de con me tuait ! Je me traînai à ma tanière, tandis que la Dall'orto continuait de se lamenter dans la cage d'escalier. À chaque palier, une odeur d'urine filtrait des W.C. Pouvait pas tirer la chasse d'eau, le dernier enfoiré qui s'était vidé ! Un air glacé s'engouffrait par les vitres brisées des fenêtres donnant sur l'escalier. De quoi attraper la mort ! Je sortis la clef de ma poche, l'introduisis dans la serrure, tournai deux fois à droite et poussai le battant.

Elle était là, mais ne leva pas les yeux sur ma pomme. Je ne lui posai pas de question. À quoi bon. Sa présence me rassurait. Et m'irritait tout à la fois. Je me tus et me maudis aussitôt. De toute façon, elle m'aurait dit des choses sales. Ça je ne voulais pas. Je savais que je fuyais la réalité. LA VIE. J'étais devenu lâche. Lâche devant son silence. Lâche devant son mépris. Pourquoi du mépris ? Aucune considération, aucune attention, c'était à croire que j'étais indigne de son estime ! Elle créchait chez moi, la garce ! Je payais le loyer, je la baisais pas et elle me repoussait. Étais-je tombé si bas pour ne plus réagir ? Je ne réagis pas. Je me dégonflai comme une baudruche. J'ai balancé ma veste sur le canapé usé, puis je suis passé dans la cuisine. Je devrais dire le placard. On piétinait dans le réduit. J'ai ouvert le frigo. Il avait triste mine, le Flandria d'occase, déniché dans les stocks au rebut alignés en rangs d'oignons dans les entrepôts du quai de Seine du côté de Saint-Denis. C'est elle qui l'avait choisi. Depuis ce jour béni, elle n'y avait mis que du vent. La feuille de salade devait avoir six mois de vie et le camembert quinze jours. Quelle chierie ! J'ôtai le couvercle et le portai à mes narines. J'exprimai une grimace de dégoût. Il puait, mais je l'aimais comme ça. À force de vivre dans la mouise, forcément... Je ne retirais jamais les moisissures. Il y avait des vitamines dans ces petites choses, enfin je le croyais. Je trouvai trois oeufs qui restaient dans un bol mal lavé et je me mis à les battre avec une fourchette. Ils avaient dû échapper à la vigilance de Sabine. J'ouvris le gaz, tournai le bouton de la gazinière, celui à feu doux et craquai une allumette. Je la promenai sur le brûleur et une corolle de flammes bleues vint me lécher voluptueusement les doigts. Je farfouillai dans le meuble situé sous l'évier et y dénichai une poêle où je versai le contenu du bol. Merde, j'oubliais l'huile ! J'étais pourtant pas beurré, mais sans doute les trois cognacs avalés chez "Mario", la pizzéria du coin, me chauffaient l'esprit autant que le corps. Je mis la main sur l'huile dans le bar-télé de la salle de séjour. Le jour où j'avais dit : "voilà la salle de séjour", Sabine s'était esclaffée, découvrant ses dents blanches, sa bouche charnue. Un petit rire moqueur qui m'avait fait mal. Un rire qui m'avait transpercé le cœur, flèche de mépris tirée par un archer sans pitié. J'aurais dû dire : "Si ça te convient pas, la porte est ouverte !" Je revins dans la kitchenette et versai l'huile sur les œufs, en dépit de toute logique culinaire. Je devais faire chauffer l'huile, mais non, tant pis. Je posai le tout sur les flammes. Une présence insolite, un point noir, une course brusque. Un cafard qui voulait m'assurer de sa sollicitude. Ça grésilla et une odeur rance se dégagea du magma jaunâtre. Je laissai cuire tout de même. L'omelette faisait la gueule et répandait une senteur bizarre. Restait le test du goût. Je piquai avec la fourchette le morceau que j'avais séparé de sa mère et le portai à ma bouche. C'était franchement dégueulasse et je recrachai le tout dans l'évier. J'allais faire un sort au camembert quand Sabine apparut dans l'encadrement et s'appuya au chambranle. Cette posture désorganisa l'agencement de sa toilette et, par l'échancrure du chemisier de soie saumon, je découvris un sein entier. L'aréole bistre et la pointe du téton plus foncé tranchaient sur sa peau laiteuse. Le ton de sa voix me surprit, me paniqua. Elle parlait enfin. Dire n'importe quoi, mais échanger des mots. Une onde de joie me submergea. Que disait-elle, la futée ? Des conneries comme à son habitude. Le calendos était meilleur, fruit du miracle opéré par la saveur du langage. Volupté et piquant du bavardage après la trève de la quarantaine imposée.

– Ta voisine, Balard... Elle tousse rauque et ça m'emmerde, elle a dit... Tu devrais te faire du souci. Elle marche sans arrêt, produit des sons sourds, provoqué par un corps trop lourd, et l'on croirait que ses pas se dirigent de mon côté. C'est agaçant ! Je vais devenir dingue,

Balard ! Je peux même plus me concentrer sur *Femme Actuelle*, tu vois !

J'ai pas répondu. Je pouvais pas réagir. Pantin désarticulé. J'avais la bouche pleine de moisissures.

– Je me dis, continue Sabine, cette fois c'est pour toi, ma vieille ! Elle va défoncer le mur, le traverser comme du papier, et se planter devant toi, un rictus déformant son visage, si elle en possède un, la vioque ! Faire miroiter son rasoir de barbier avant de t'ouvrir tout du long à la façon du poissonnier du coin de ta rue avec les truites !

J'ai rassuré Sabine et me suis vautré sur le divan. Quelques instants plus tard, je me suis réveillé en sursaut. Pourtant le mur n'avait pas bougé. J'ai entendu une toux éraillée mêlée de sifflements. Ça provenait de l'autre côté de la cloison.

*

Sur le trottoir, au milieu d'une foule disparate, malgré sa salopette, sa casquette rouge et ses bottes de saut, il demeurait insignifiant. Physiquement, il ne pouvait en rajouter. Petit et mince, avec sa moustache fine à la Gable et ses lunettes de bazar, rien n'attirait le regard sur cette grêle demi-portion d'homme. Mais pour un œil avisé, une chose cependant attirait l'attention : sa musette qu'il portait bien sur l'épaule droite et sur laquelle était inscrit en grosses lettres noires sur fond marron clair :

CAFARDS–DESTRUCTION.

Il n'y avait pas si longtemps qu'il pratiquait la destruction des cafards, plutôt des lentes... car leur reproduction était un fléau naturel. On le demandait surtout dans les Cités H.L.M., là où pointaient vers le ciel des donjons de ciment, carrés ou ronds, là où se banalisait le pourrissement de la vie humaine, où s'effritait le crépi de la cellule familiale. C'était principalement dans le béton que se tenaient les vilaines bêtes. Plusieurs fois de suite, il avait songé à leur éviter la mort. Plusieurs fois il avait décidé que ces lentes, pleines de vie, valaient mieux que le locataire qui demandait leur mise à mort. Mais il devait croûter et seul le requérant pouvait se fendre de quelques biftons. Les lentes, elles, étaient dépourvues comme la cigale. Ses états d'âme le gênaient parfois, mais il s'était fait une raison. C'était ça ou le chômage. À tout prendre...

Bien qu'au tout début on sollicitât ce travail auprès de sociétés spécialisées, celles-ci ne purent remplir toutes les tâches qu'elle devaient acquitter à la demande. Devant le pullulement des petits cancrelats noirs, il fallait quelque chose de concret, un artisan. D'une efficacité incomparable. Il prit donc un nouveau départ dans une entreprise artisanale qui démarrait et accepta ce qu'il y avait à faire.

Sur le planning de la "First Compagnie Destruction", un étage de bureaux dans un immeuble vétuste de la rue du Faubourg-Saint-Denis, à deux pas du canal Saint-Martin, figurait le nom d'un Portugais avec l'adresse et l'étage.

– C'est pour les cafards, ma p'tite dame !

Maria s'effaça pour lui permettre d'entrer. Elle eut la gentillesse de lui indiquer les endroits d'où surgissaient, plus fréquemment la nuit, les cancrelats répugnants, pris au piège une fois la lumière allumée, leur fuite éperdue dans les coins et les recoins les plus compliqués à atteindre par celle qui voulait les écraser, sentir sous ses doigts l'éclatement de l'abdomen annelé, cette explosion sournoise qui vous soulevait le cœur mais qui était nécessaire. Le "tueur de cafards" vaporisait, par petites touches, l'insecticide qui devait les éliminer malgré une résistance farouche. Maria le laissait faire, en maîtresse de maison avisée des usages. La jeune femme vaquait à ses occupations ménagères. Au début, il avait été incommodé par l'odeur du produit qu'il pulvérisait dans les appartements. Mauvais dosage. Il se souvenait qu'en arrivant chez les gens, il avait droit à de larges sourires, comme devait y avoir droit le médecin, le curé de la paroisse, des faces débonnaires et épanouies qui lui promettaient d'avance du travail. C'était toujours ainsi. Aujourd'hui la femme qui l'avait accueilli était jeune, mais aucun sourire n'épanouissait son doux visage. Il avait mis cela sur le compte de sa personnalité, mais elle ne se déridait pas. Il avait senti qu'un mal la rongeait de l'intérieur. Après tout, se dit-il, ça n'est pas ton problème ! Il sentit brusquement sa présence, là, dans son dos. Non qu'elle ait émis le moindre bruit, non, instinctivement. Il se retourna et la regarda. Il vit de la détresse dans l'expression du visage, des yeux qui suppliaient, un appel au secours, un cri muet, une douleur. Elle tenait en main un objet assez volumineux ou plutôt quelque chose masquée par une enveloppe de toile verte. Une offrande pour le récompenser de sa peine ? Non, elle rejetait cet objet. Elle ne le lui donnait pas en tant que service rendu, mais plutôt pour qu'il en endosse la charge, un poids trop lourd pour elle. Elle ne le supportait plus, tellement elle était faible.

– Prenez ! dit-elle.

La voix était sèche, mais suppliante. Il décida de ne pas poser de question. Il prit la "chose" des mains de la femme, et au toucher reconnut ce qu'il redoutait. Leurs regards se croisèrent et Maria finit par abaisser les yeux, Elle ne le remercia pas et quitta la pièce.

Ce n'est qu'en le voyant traverser la rue qu'elle exhala un soupir de soulagement. Jésus allait rentrer du travail. Il ne saurait rien. Il ne devait pas savoir. À moins qu'il découvre qu'elle avait trouvé où il avait caché l'arme. Il ne pourrait alors ignorer que son épouse l'avait trahi. Il lui poserait des questions, lui lancerait au visage sa folie. Avoir donné au premier venu l'objet que les flics cherchaient comme des chiens affamés ! À présent, il découvrirait une nouvelle Maria, décidée à le sauver malgré lui. Statue de souffrance et de désespoir. Vestale de la Haine, Déesse du Feu du foyer. Chimène réclamant la mort de l'assassin qui a tué le Comte de Gormas, son père. Tragédienne du quotidien. Pêcheresse du commun.

Femme de tous les jours, avec son cortège de craintes et d'espoirs.

Jésus ne saurait pas. Pas tout de suite. Elle tourna le bouton de la hi-fi, Linda de Souza interprétait : "Un jour on se rencontrera". Prémonition à venir... Qui venait d'avoir lieu.

Sa casquette rouge le distinguait, mais si peu... dans la foule des trottoirs. Il portait sa musette et à présent il devait se farcir "l'objet", il allait le gêner pour prendre le métro, car il était un fraudeur de première bourre. À le voir, on n'aurait pas cru. Tout de même, ça l'embarrassait de participer au déficit de la R.A.T.P., mais un ticket de moins à payer de temps en temps lui permettait de petites économies. Voir sa tronche sur une carte orange, ça lui déplaisait. Sa gueule le complexait et il haïssait les photomatons qui lui restituaient ses traits dans toute leur splendeur d'origine. Des oreilles outrageusement décollées, des petits yeux noirs et plissés, une bouche aux lèvres sèches, deux figues superposées, la peau mate, des cheveux frisés et un commencement de calvitie. Une brosse de poils noirs sous le nez n'arrangeait rien, mais c'était sa coquetterie. Pourquoi l'avait-elle choisi, LUI ? Il n'avait jamais compris les femmes, la raison de son célibat sans doute. Il se payait une pute lors d'une envie pressante. Pour quelle raison s'encombrer d'une pouffiasse, d'une emmerdeuse. Dans l'immédiat, son seul souci était le passage des tripodes. Aujourd'hui, cela relevait de l'exploit, du parcours du combattant. L'arme

131

dans sa housse verte était un handicap. Au tourniquet de la Gare de l'Est, il se trouva bloqué quelques secondes d'éternité. Il échappa à grand-peine au contrôle-surprise des agents de la RATP, songea qu'il ferait mieux de déposer l'arme à la consigne, trouva que c'était hasardeux, opta pour les objets-trouvés, mais le destin l'amena dans les bras grands ouverts des flics du S.P.S.M.[1]

Les lardus l'avaient chopé comme il franchissait les tripodes à la manière des kangourous, après avoir jeté l'engin qui le gênait tant. Ils le palpèrent sommairement, conformément au Code de Procédure Pénale, et munis de sa carte de résident, ils le conduisirent dans un local dont la porte se confondait avec le revêtement mural. La Vigie ressemblait à un placard à balais. Les petits yeux vifs du Portugais détaillèrent le poulet longiligne qui tenait l'arme, craignant sa réaction, préparant sa réponse.

– À qui c'est, ça ? Tu vas pas me dire que c'est à moi !

Il lui parut entendre le bruit de ses os quand il se déplaçait, tant il était sec comme un coup de trique. Lorsqu'il s'était penché sur la table de bois qui servait de bureau, il avait cru que cette grande asperge allait se casser en deux, que son ossature allait déchirer les chairs, s'émietter sur le sol crasseux. À son grand soulagement, il n'en fut rien. Le Pied-Nickelé attendait une réponse.

_____
1. Service de Protection et de Sécurité du Métropolitain.

Le tueur de cafards nota le tutoiement, fit comme si de rien n'était. Qu'il conserve son air de supériorité. Tu es dans la merde, alors vas-y mou, vieux ! Il s'entendit prononcer :

– Jé viens de trouver cette "chose", là, à l'instant, dans la Gare.

– Tu te moques de moi ou quoi ?

Puis, s'adressant à son collègue, plus petit et calme, qui s'appliquait à écrire sur un registre l'identité portée sur la carte de séjour du Portugais, il dit :

– Tu fais les archives, Edmond ! Tu dis aux mecs du Terminal des Personnes Recherchées de le passer à la loupe. Identification complète ! Avec la connexion Espace-Schengen nous trouverons bien quelque chose sur lui !

Revenant vers lui, il lança :

– Tu es Portugais, hein ! Tu n'as pas de valise en carton, toi, mais tu transportes une arme ! Tu ferais pas partie d'un réseau terroriste, des fois ? Si le Terminal est pas déconnecté, on va le savoir ! On peut tout savoir, nous ! Mais dis donc, le port d'arme est prohibé, sauf sous certaines conditions, conditions dont tu ne fais pas partie. Ça va chercher… dans les combien… (Il ne trouva pas). Ça te fera mal quand le Proc va t'annoncer la note !

– Jé l'ai trouvée dans le couloir du métro, jé vous jure.

– Tu devrais pas jurer comme ça. C'est pas bien du tout !

Le Portugais ne répondit pas. Qu'aurait-il pu rétorquer à cet agent de police ? Qu'il faisait son métier. Lui, il tuait bien les cafards ! Il se sentit brusquement coupable de ce qu'il devait faire pour gagner sa vie. Comme si la Police lui reprochait d'occire les cancrelats des appartements.

— Appelle le P.C. On va le conduire au commissariat pour qu'il explique à l'Officier de Police Judiciaire ce qu'il foutait avec la .22.

— Allo, Bastille ! Ici, Bravo trois ! Nous avons un P.A.P.[1] Sommes Gare de l'Est. Remontons en surface pour conduire l'individu au Commissariat Spécial. Quittons l'écoute.

*

— Vous le mettez à disposition pour transport illégal d'arme à feu et de provenance douteuse.

— Dites... il y a l'infraction R.A.T.P. Il a sauté au-dessus des tripodes...

— Bien sûr, vous en parlez ! C'est la base légale de votre interpellation. Vous n'ignorez pas que le Procureur me demandera de le relâcher si votre intervention est dépourvue de fondement juridique.

— Oui, et ça me fout les boules ! N'importe quelle ordure peut avoir massacré toute sa famille et transbahuté

---

1. Port d'Arme Prohibé.

l'arme de son crime sans être inquiété, même s'il passe dix fois devant un poste de Police. À défaut de pisser contre le mur. Là, on l'embarque pour…

– Oui, nous savons ça tous les deux ! Mais le délit de "sale gueule" n'est plus vraiment en vigueur, alors suivez scrupuleusement le Code et je pourrai traiter la procédure. Sinon, le Parquet va le shooter, remise en circulation s'il manque une virgule, on le jette à la rue, quoi ! Vu !

– J'ai pigé, fit Sac-d'Os remontant son pantalon qui glissait un peu à la taille. La matraque de caoutchouc, le trousseau de clefs accroché au mousqueton fixé au ceinturon, les menottes, le revolver calibre .357 Magnum, et deux auto-videurs sans oublier la Maglite et la bombe lacry, ça faisait du poids à supporter. Sac-d'Os supportait mal.

L'officier de Police eut du mal à contenir un fou-rire devant ce mât de cocagne, bien qu'il sache que rien n'était superflu face à la délinquance qui sévissait dans le monde souterrain. Manquait plus que les grenades.

– On fait comme ça, alors ? fit le grand plein de conviction.

– Ouais, et glandez pas pour rédiger le PV !

Dès que l'uniforme eut quitté la pièce, le Capitaine Cadet décrocha le téléphone noyé sous la masse de la paperasserie qui encombrait son bureau, comme la circulation aux heures de pointe, et composa un numéro à six chiffres. Lorsqu'il eut en ligne le poste intérieur souhaité, il commanda :

– Cadet ! Faites-moi monter Ribeiro. Oui, tout de suite !

Cadet se demanda à quoi pouvait ressembler ce Ribeiro tout en envoyant une pointe empennée sur une cible fixée dans le mur. La porte : trop dangereux ! Quoique… Une façon comme une autre de se détendre avant l'épreuve qui l'attendait. Elle se ficha en plein dans le mille et il fut satisfait. On frappait déjà à la lourde.

Il dit :

– Entrez !

Un petit homme insignifiant, une casquette rouge vissée sur le crâne, pénétra dans la pièce, escorté de l'un de ses interpellateurs. Les yeux de Ribeiro étaient d'une mobilité incroyable, allant de l'officier qui retirait de la cible la fléchette emplumée au bureau encombré de dossiers. Debout et immobile, il semblait apeuré. D'expérience, Cadet savait qu'il fallait se méfier de tout individu. Du tricard, as du braquage, ennemi public N°l, 20 ans de placard de références et qui replonge, au "minus", voleur à la petite semaine, tout être humain, homme ou femme, était imprévisible, dangereux, prêt à tout.

Cadet rangea avec une extrême lenteur la fléchette dans un tiroir, tira son siège vers lui, et y posa les fesses. Renversant le buste en arrière, il attaqua :

– Asseyez-vous, Monsieur Ribeiro ! Nous avons beaucoup de choses à nous dire tous les deux. Pas vrai ?

Le Portugais ne voyait pas trop ce qu'il pouvait avouer au policier, sinon la prolifération des petites bêtes qui lui permettaient de bouffer à sa faim tous les jours, de payer ses impôts, son loyer, qu'il était célibataire, qu'il picolait de temps à autre, très peu, et qu'il allait aux vêpres à la paroisse Sainte-Marthe. Il aurait pu rajouter une cartographie de l'Association de Malfaiteurs des Cafards Organisés. Mais là, il savait d'avance que le flic n'apprécierait pas son humour.

Cadet prit méticuleusement les feuillets qui allaient, une fois assemblés en liasse, composer le Procès-Verbal. Il intercala les inévitables carbones, termina par une pelure et tapota le tout avec des gestes qui attestaient une longue pratique de ce genre de travail. Il introduisit l'ensemble dans le rouleau de sa FACIT T 120 électrique, et se mit à taper la date, l'heure et sa qualité.

" Constatons que ce jour, à quatorze heures, les Gardiens de la Paix du S.P.S.M. conduisent devant nous un individu de type européen trouvé porteur..." émit à haute voix Cadet qui parut oublier la présence de Ribeiro. Ça, c'était la mise en condition, procédé destiné à troubler le suspect, le faire ruminer, le laisser croire qu'il pouvait préparer un coup tordu, et là...

" Sur son identité..." continua le policier quelques instants plus tard, ses doigts courants sur les touches sensibles de la T 120, ouvrant un nouveau paragraphe.

Là, il s'adressa enfin à l'homme assis en face de lui, inquiet, péteux, qui se tenait de l'autre côté de la table :

– J'ai besoin de votre identité complète : filiation, situation de famille... Je vous écoute.

Le Portugais était impressionné, semblait-il, par le matos employé par ce flic qui bossait sur autre chose que les vieilles Olympia, mais pas encore sur les Bugl, Bull, merde, il savait plus ce con, enfin les ordinateurs promis aux services de police. Il en avait repéré un sur le bureau voisin. Donc, le poulet faisait de la résistance où il palliait les carences de l'administration. Dans les deux cas, il préférait sa machine.

– Ribeiro Joaquim… commença little man, né le 18 Octobre 19… à Béringel, Portug…

– Marié, coupa Cadet… des enfants… savez-vous lire le français ?… écrire… Port de décorations ?

Ribeiro répondait poliment, avec humilité, à la limite de la timidité. Le petit homme se sentait pris dans les mâchoires de l'étau qui lui broyait la poitrine, du traquenard tendu par la jeune femme qui l'avait attiré dans son appartement, sous prétexte qu'il était envahi de cafards. Par grandeur d'âme et du fait qu'elle se trouvait être une compatriote, il avait cru devoir lui rendre ce service, de son plein gré, car elle le suppliait. "Quel imbécile je fais !" pensa-t-il. Le coup des "cafards" était pourtant connu dans le métier. Certaines salopes jouaient à ce petit jeu pour se faire baiser par l'employé. *Le Facteur sonne toujours deux fois*. Sacré facteur ! Devait s'en passer de belles ! Mais avec elle, ce n'avait pas été le cas. Quant aux blattes, cela s'avérait aléatoire. Le jour, leurs traces étaient invisibles. Pourquoi la femme l'avait-elle appelé ? Pourquoi avait-elle téléphoné à l'agence ? Pourquoi l'avait-elle mis dans la merde ? Cette arme l'obsédait, à présent qu'il se trouvait coincé dans cette pièce en face de ce flic qui lui posait des questions qui n'avaient, à son sens à lui, Ribeiro Joaquim, aucun intérêt. Pourquoi avait-il accepté ? Espérait-il obtenir une récompense ? Quel con ! Mon Dieu, quel con !

Le crépitement de la bécane se tut. Cadet le regarda. Le policier observait avec attention le petit homme, assis sur sa chaise, lâche, craignant tout et n'importe quoi. Mais son esprit dérivait ailleurs, dans un autre espace-temps, il était virtuellement absent. Son double, composé de bits et de pixels, se déplaçait dans le cyberespace, quelque part dans une Cité, des Tours, une Femme... Il se remémorait la situation qui l'avait amené ici, face au flic qui lui semblait sournois, à l'affût de la moindre faiblesse. La Cité, les Cafards, la Dame... Ce mal qui la dévorait, sa vie... Que savait-il de son existence de femme ? Rien... Et lui, qui était-il ? Une larve, tout juste bon à vaporiser son produit-miracle, et hop, la porte se refermait. La considération ? Ribeiro s'en foutait comme de sa première chemise. À quoi bon...

Cadet aurait donné cher pour lui ouvrir le crâne et y puiser ce qu'il contenait, les images du film en 3D qui s'y projetait. Il lui donna quelques secondes supplémentaires, puis il attaqua :

— Sur les faits... dit-il. À quoi vous pensez, Ribeiro ? Je peux savoir ?

— Jé sais pas si ça a de l'importance, Monsieur le Commissaire, commença Ribeiro, mais c'est une...

– Une quoi, Ribeiro ?

Cadet voulait l'amener à parler malgré sa volonté, le sachant torturé moralement. Il évitait de mettre quelqu'un en cause.

– C'est une chose banale, Monsieur le Commissaire.

Ce "quelqu'un", il le lui fallait, à Cadet.

– Une chose banale, mon cul, Ribeiro ! explosa le policier. Ribeiro, en dehors des périodes où la chasse est ouverte, le port et le transport d'une arme à feu sont prohibés. Sauf exceptions ! OK, Ribeiro ? À plus forte raison lorsque cette arme ne vous appartient pas. Ce sont vos premières déclarations. Sauf si les flicards ont menti. Je ne pense pas qu'ils racontent des salades. Je les connais... Alors, mon cher Ribeiro, à qui est-elle cette .22 long rifle ?

– Jé vous dit qué jé sais pas. Jé l'ai ramassée dans les toilettes de la gare. Un gars qui aura dû l'oublier. L'était là, posée à côté de l'urinoir.

– Ribeiro, je tiens à être loyal envers vous, je ne veux pas vous tendre de piège, mais vous vous foutez dedans tout seul ! Le PV des agents dit : "Ribeiro déclare avoir trouvé l'arme dans un couloir du métro." Vous, qu'est-ce-que vous dites ? "Je l'ai ramassée dans les chiottes." Ribeiro, dans les toilettes de cette putain de gare transitent des centaines de personnes par jour, certaines ont des envies légitimes, d'autres y refilent de la came, d'autres encore viennent y faire des rencontres qui n'ont rien à voir avec celles du troisième type. Tous ces individus ne lâchent pas d'une semelle leurs maigres bagages.

Pourquoi, Ribeiro ? Parce qu'ils seraient volés instanta-nément, sur place. Le dernier en date que nous avons eu le plaisir de recevoir dans nos humbles locaux s'était fait dérober son attaché-case qu'il avait déposé à ses pieds, entre ses jambes, afin de bigophoner. Il n'a rien compris au film. Et vous, vous arrivez avec votre gueule enfari-née et vous croyez me faire avaler les conneries que vous inventez. Ribeiro, si un attaché-case disparaît d'entre les guiboles de son proprio, un objet ordinaire, n'importe quoi, déposé à dessein, ou oublié dans les chiottes, n'aurait aucune chance d'y rester dix secondes. De même que dans les couloirs du métro où le moindre mégot est happé par une main anonyme. Non, Ribeiro, votre "chose" vient d'autre part et si vous vous obstinez à nier le contraire je vais devoir vous foutre au trou !

— Jé vais perdre mon emploi, Monsieur lé Commissaire. À la "First Compagnie Destruction", lé patron, Monsieur Walter, ne me gardera pas et il y a telle-ment d'autres gars qui attendent la place pour aller vapo-riser de l'insecticide.

— C'est l'évidence même, mon vieux, vous perdez votre place, vous perdez votre liberté et moi je me fais chier comme un rat mort à prouver pourquoi vous avez menti !

Depuis l'entrée du Portugais dans le petit bureau, ça sentait le fauve. Une odeur forte, tenace. Ribeiro avait le bas du visage mangé de barbe, la peau huileuse, luisante, et la propreté, plus que douteuse.

– Vous êtes intelligent, Ribeiro, attaqua Cadet – à la manière du prof qui cherche à amadouer l'élève venant de jeter une boule puante dans la classe et qui tente de lui faire dire qui l'a poussé à faire ce geste, sachant qu'il en est incapable tout seul. Pas assez de couilles au cul, le jeune con ! – ...Vous savez où se trouve votre intérêt, Ribeiro ? Votre liberté est à ce prix. Pas cher, mon vieux, croyez-moi ! Rien aux archives, pas d'antécédents, vous êtes "clean", Ribeiro !

– Oui, mais pour le transport... Monsieur le Commissaire...

Cadet sentait qu'il gagnait. Ribeiro avait la trouille. Bon signe, ça ! Il faisait un métier de pute, Cadet, mais l'information devait être tirée des couches sordides de l'âme humaine où stagnent les plus ignobles forfaitures. Mises à jour, décortiquées et analysées à l'aide de règles de morale qui n'ont absolument rien de comparable à celles des bonnes sœurs d'un couvent.

– Le transport d'arme, Ribeiro, je suis prêt à passer la main, mais c'est donnant-donnant, il faut me dire la vérité sur sa provenance. Votre relaxe peut en dépendre et votre place aussi. Je connais le magistrat, il me suivra si je lui apprends que vous avez coopéré. Alors, Ribeiro ?

– J'étais parti pour faire un boulot dans une Cité achélème. Il y avait des cafards, plein de cafards, paraît-il, et tuer les cafards c'est mon métier, Monsieur le Commissaire. Je suis donc arrivé dans cette Cité...

142

*

Elle se trouvait assise sur un siège en moleskine face à un homme, celui qui s'était présenté à elle comme étant Capitaine, alors qu'elle ouvrait sa porte à ceux qui représentaient la Loi et l'Ordre. Elle avait alors assisté à la mise à sac de son appartement par les policiers. Cette façon qu'avaient les flics de pénétrer votre vie intime, de fouailler vos tripes, de trancher vos chairs à vif. Elle avait ressenti la perquisition comme une fouille à corps. Ses yeux étaient secs, sa rage rentrée. Elle avait fait face à ses bourreaux telle une vierge hiératique, figée devant l'absurdité des hommes. Les policiers étaient repartis bredouilles, l'avaient priée de les suivre. Ils avaient laissé un uniforme devant sa porte.

Maria Da Costa avait conservé ces restes de beauté qui n'échappent pas à l'œil averti d'un homme s'il veut bien s'en donner la peine. Quelques années plus tôt ... À présent, elle donnait une impression de fatigue et de vieillissement prématuré. Entrée clandestinement en France il y avait maintenant vingt-deux ans – elle en avait dix-huit à l'époque – immigrée parmi tant d'autres ayant caressé le vieux rêve de la ruée vers l'Or, remake U.S. À défaut de travail stable et bien rémunéré, elle avait connu Jésus.

Une voix chaude la ramena à la réalité.

Cheveux châtain clair coiffés en arrière, yeux marron, bouche aux lèvres sensuelles, la chemise ouverte sur une toison velue où tranchait une chaîne de cou en or. Elle pensa fugitivement qu'il aurait pu lui plaire. En d'autres circonstances...

– Madame Da Costa, commença Cadet, votre mari est-il chasseur ? Possède-t-il une arme ?

– Non, son travail l'occupe beaucoup et nous n'avons pas les moyens de nous offrir ce luxe.

Elle se mordit la lèvre inférieure, s'apercevant trop tard qu'elle venait d'avouer la médiocrité de sa vie à ce flic qui devait s'en foutre royalement. Il tapait à la machine ses réponses et posait de nouvelles questions.

Cadet arrêta de tripoter le clavier de la T 120 et regarda la jeune femme droit dans les yeux. Cela provoqua chez elle un regain de fierté, une force qui la poussa à l'affronter. Puis, brusquement, elle craqua. Les nerfs lâchaient.

– Qu'attendez-vous de moi à la fin !? Vous allez me laisser en paix, oui ! mon mari et moi ! Qu'avons-nous fait, hein ? Il bosse et rapporte sa paye à la maison ! Nous payons le loyer, la maison est propre...

– Madame Da Costa, la coupa le Capitaine, vous réglez votre loyer, d'accord, mais il s'agit de celui d'un nommé Dos Santos, envolé depuis cinq ans pour Dieu sait où et à ce jour vous n'avez aucune existence légale à l'office des H.L.M. de la Cité où vous habitez. Il n'y a pas de dossier d'inscription à votre nom. Vous ne figurez sur aucune liste d'attente.

Maria Da Costa ouvrit la bouche, mais aucun son n'en sortit. Elle parut manquer d'air. Ses mains aux ongles cassés, dépourvus de vernis, se portèrent à sa gorge, le visage livide.

— Ça ne va pas ? fit Cadet, inquiet. Vous voulez un verre d'eau ?

– Non, merci, réussit-elle à articuler.

– C'est très ennuyeux, Madame, continua Cadet, vous occupez frauduleusement un appartement promis à une famille cambodgienne depuis trois ans. Et puis... Il y a cette histoire d'arme dont vous accuse un employé venu chez vous pulvériser de l'insecticide. Cela n'arrange pas les choses.

Il garda un instant le silence, se passa la main sur la nuque, donnant l'impression de quelqu'un désolé de la tournure que prenait la situation. Il reprit :

— Il est formel, cet homme, il affirme que c'est vous qui lui avez donné le fusil. Il dit avoir voulu vous rendre service, ne pas avoir posé de question. Maintenant il se trouve accusé de transport d'arme illégal. Ce brave homme ne veut pas vous causer du tort. Pour quelle raison, je n'en sais rien. Que cache ce dévouement, pour le moins surprenant vous en conviendrez... Mystère ! Répondez-moi, avec franchise, une dernière fois : Vous lui avez donné ce fusil ?

— Pourquoi vous vous acharnez sur moi ? souffla-t-elle, au bord des larmes. Qu'est-ce que je vous ai fait ? Vous allez nous chasser de chez nous, c'est ça, hein ? Vous croyez ce que dit ce type. Pourquoi me gardez-vous ici, je n'ai rien fait de mal, vous n'avez pas le droit de me retenir !

Elle était pathétique, mais Cadet n'avait pas le choix.

– Puisque vous le prenez ainsi, Madame Da Costa, je vais devoir vous confronter à Monsieur Ribeiro.

*

– Ribeiro, reconnaissez-vous cette femme ?

– Oui, Monsieur le Commissaire.

– Où l'avez-vous vue pour la dernière fois.

– Chez elle, Monsieur le Commissaire.

– À quelle occasion, Ribeiro ?

– Jé devais passer du produit anti-cafards. Il y avait des cafards. C'est elle qui avait demandé à la Société.

Ribeiro répondait sans regarder Maria Da Costa, ses yeux restaient rivés sur le calendrier fixé au mur. Mais ils ne voyaient pas la blonde pulpeuse, aux nibards énormes, le mont de Vénus ombragé, à la coupe en forme de cœur, qui posait dans une attitude sans équivoque, alanguie dans des draps de satin saumon. Les murs du bureau du Capitaine étaient tapissés de toutes sortes d'affiches publicitaires ou de ciné, dont l'une avertissait : *NE RÉVEILLEZ PAS UN FLIC QUI DORT*, d'avis de recherches à diffusion nationale, d'insignes de police étrangers encadrés, d'une collection de pin's Police impressionnante.

– OK, Madame Da Costa, avez-vous déjà vu cet homme ?

Il reformula par :

– Connaissez-vous cet homme ?

Phraséologie rituelle qui s'inscrivait dans tous les actes procéduraux concernant les confrontations. Au bout d'un certain temps de "boîte", ça devenait rasoir.

– Je l'ai jamais vu, laissa-t-elle tomber en le regardant.

Cadet capta le regard du flic en tenue qui assistait à l'audition par mesure de sécurité. Il s'agissait de celui qui avait fait entrer Ribeiro. Il pensait la même chose que Cadet. Maria Da Costa se foutait d'eux. Combien de temps la jeune femme pensait-elle pouvoir les tenir par l'absurdité de son attitude ? Cadet commençait à en avoir marre.

– Madame... faites-moi le plaisir de regarder Monsieur Ribeiro en face.

Maria Da Costa tourna la tête vers l'homme qui la mettait en cause. Il avait l'air misérable du foireux, celui qui a cafardé au prof. Pris dans la nasse, tel le rat qui guignait le morceau de fromage de l'appât. L'homme avait les épaules voûtées, le regard fuyant.

Maria Da Costa décida que cet homme lui était totalement inconnu, qu'il inventait des choses, qu'il devait boire et qu'à la limite, entre le vrai et le faux, sa raison était sans nul doute annihilée par l'alcool qu'il ingurgitait. Elle haïssait Jésus, ce mari falot, qui ne l'avait jamais fait rêver, mais là, elle devait tenir le coup, sinon à quoi bon, tout partait à la poubelle et on refermait le couvercle. Elle devait protéger son mari des conneries qu'il pouvait avoir faites, se garder une sortie de secours. Elle allait réfuter l'évidence, et le flic ne pourrait prouver le contraire. Sa résolution était irrévocable, elle le savait, prête à tout nier, même la flagrance. Sûre d'elle, un air de mépris au coin des lèvres, elle affronta Cadet.

– Je répète que je n'ai jamais vu cet homme. Je le jure sur la Madone. Il doit être ivre. Je voudrais me reposer.

Cadet était suffoqué. Le découragement le gagnait. Elle enfonçait le clou, cette conne ! Mais le plus exaspérant, c'était qu'elle se le plantait dans son panard ! Maso la Da Costa ! Dans quel intérêt s'enferrait-elle ? Pour quelle raison niait-elle n'avoir jamais vu la tronche de ce Ribeiro ? Il commençait à soupçonner quelque chose de plus gros, le Capitaine. Ribeiro, lui, avait accouché sans douleur. Mais, elle, merde ! À moins que ce con de Ribeiro veuille faire porter le chapeau à sa cliente. Avec son port de tête, ça ne pouvait que lui aller. Non, ça collait pas ! Ribeiro était malin, mais honnête au fond. Enfin, presque.

Cadet devait chercher du côté de la femme. Il allait fouiller, s'investir dans le rôle du "fouille-merde", le personnage type de tout bon flic qui se respecte et il déterrerait bien un os quelque part. Le policier savait par expérience qu'il y avait toujours un cadavre dans un placard. Fallait ouvrir le bon.

– Madame Da Costa, je suis fatigué, voyez-vous, de vous voir insinuer que cet homme ment. Je vais contacter, et c'est votre attitude qui m'y oblige, la "First Company Destruction" qui emploie Ribeiro et on me confirmera ou non si vous avez bien demandé un de leurs employés pour vous débarrasser de vos pensionnaires indélicats.

Maria Da Costa sentit une coulée de glace lui parcourir la colonne vertébrale.

*

Quelqu'un avait appelé, oui… une femme. Enfin, la personne pensait qu'il s'agissait d'une femme. Elle avait donné un nom et une adresse en banlieue. Oui… au N° 12, 5ᵉ étage face. Quel nom ? Elle hésitait. Elle se décida à le lui donner, Joachim, porte verte. Vous êtes sûre du nom ? avait demandé Cadet. Elle l'avait rabroué, les renseignements sur les clients étaient "normalement" interdits par téléphone, il n'avait qu'à faire une demande officielle à sa société pour confirmation.

Elle avait raccroché sans un mot, craqué sur la voix chaude du Capitaine. Cadet se plut à le croire. Quel abruti, ce Ribeiro ! Le Portugais s'était gouré de client. Pas de nom sur les boîtes aux lettres défoncées, arrachées par les tox' en manque ou par les ados qui exprimaient leur colère. On le disait, mais la vérité était peut-être autre part. Pas de nom sur les portes défigurées à la bombe de peinture. L'anonymat le plus complet, du fait que la liste affichée dans le hall d'entrée avait disparu, la

149

vitre de protection cassée. Autant de circonstances atténuantes pour le tueur de blattes. Ribeiro avait prévu de vaporiser chez Joachim et il avait sonné chez Da Costa.

Seulement il fallait apporter la preuve que la belle Maria avait ouvert sa porte à Ribeiro. Ribeiro qui se trouvait sur le palier, jusqu'à ce qu'un bruit de clefs tournant dans les serrures le fasse se retourner. La suite, Cadet l'imaginait aisément. Elle l'avait invité à entrer chez elle, offert du café chaud, ouvert un horizon merveilleux au petit homme qui, tout en restant sur ses gardes, avait vu sa résistance faiblir jusqu'à l'acceptation, sans la moindre question, de cette arme qu'elle lui avait tendue, le visage fermé, la bouche... cette bouche qui lui parlait tout en restant muette, la supplique dans les yeux sombres... Cadet savait ce qu'il avait ressenti, ce besoin de défi, la pulsion du mâle face à la femelle, celle qui délivre, celle qui tue, celle qui génère l'espoir, qui apporte la combativité, l'ardeur que l'on croyait perdue. Cette femme lui redonnait confiance en lui, le regonflait, l'incitait à prendre un risque. Elle n'espérait ni oui ni non, simplement le voir repartir avec la "chose".

Dans l'immédiat, Cadet devait la laisser filer.

Mais il se promit de la revoir, là, sur cette même chaise et ce jour-là, il la foutrait au trou. Il prit un gros registre noir et l'ouvrit. Puis il le fit pivoter et tendit un stylo à Maria afin qu'elle signe la fin de sa garde à vue.

– Madame Da Costa, appuya Cadet avec conviction, pendant qu'elle apposait son paraphe dans la colonne réservée, au mieux vous risquez l'expulsion, au pire quelques années de prison. Réfléchissez !

8

"Attention, au prochain carrefour, il faut que je regarde d'abord à gauche, puis à droite !" Revenir du boulot à la nuit tombante, c'était "Cauchemar dans la nuit". La rue était noire. L'éclairage public était en rade. Jésus se hâta, loin d'être rassuré, le bougre. Se balader avec une grenade dans chaque poche pour conjurer le mauvais sort. Jésus pensa que ça pouvait être une idée à creuser. Au moindre pas suspect, il dégoupillait. Pour lui la rue vivait en autonomie feutrée, faisait montre d'une cruauté à fleur de bitume. Il se souvint avoir entendu Bichon lui dire l'agression subie par Mauricette, là, à proximité du "Parc aux rochers". Un octogénaire l'avait croisée. Elle n'avait prêté la moindre attention à ce vieillard qui s'appuyait sur une canne, ni montré la moindre curiosité face à ce personnage complètement décalé. Il était rare en effet de voir pareille distinction dans le quartier des Tours. Tout s'était passé très vite. Il avait sorti une aiguille, l'avait piquée à la poitrine, s'était dissout dans l'obscurité. Elle avait croisé le chemin du psychopathe connu sous le surnom du "perceur de seins".

Jésus les sentait. Ils étaient tapis là, là et encore ici, ils surgiraient de l'asphalte, telle une matrice malléable, complice, engendrant ces zombies qui terrifiaient Jésus. Il était glacé, mal à l'aise dans son costume défraîchi. Vraiment usé le costume, comme le bonhomme d'ailleurs. Il voyait la tronche de Maria lorsqu'il franchirait le seuil de leur appartement. Elle était pas facile, Maria ! Depuis quelques jours, il semblait qu'elle faisait la gueule. L'environnement ne favorisait pas l'harmonie, ni l'épanouissement d'un couple. Jésus ne comprenait pas ce qui la conduisait à avoir ce type de comportement envers lui, ni ne saisissait le trouble qui régnait dans son ménage. Il fit une grimace. Son couple... Leur vie commune ! Quelle hypocrisie ! Quelle merde ! Sa pensée se matérialisa sous sa semelle droite, il s'en aperçut trop tard. Il allait ramener ça à la maison. Pour sûr que Maria ferait des remontrances. Il l'entendrait dire : "Tu ne regardes même pas où tu mets les pieds ! Et ça pue..." rajouterait-elle.

À cet instant, les yeux de Jésus se portèrent sur les Tours, les implorant de conjurer le malheur qui le frappait. Il eut alors une minute d'incertitude en apercevant le chiffon rouge bouger derrière la vitre de la cuisine du troisième étage, celle de Marcel Bichon. Marcel faisant ses carreaux à sept heures du soir ! C'était inhabituel ! Cela voulait dire qu'il y avait un pépin. C'était leur code de survie. Si, pour un motif quelconque, l'un d'eux devait prévenir l'autre, il faisait semblant de nettoyer ses vitres avec un chiffon de couleur. Le rouge signifiait DANGER. Le vert ou l'orange étaient employés lorsque les vitres étaient vraiment sales.

— Y'a un poulet devant ta porte ! le doucha Bichon. Allez, entre ! Il le tira par la manche pour le décoller du paillasson. Jésus restait figé. Incapable de parler, il bredouilla, inaudible. Allait falloir mettre en route un décodeur. La chaleur de l'appart lui fit du bien.

— Pourquoi la Police, Marcel ? Qu'est-ce que j'ai fait ? Maria... Il resta la bouche ouverte.

— Je sais pas le motif de la présence des flics chez toi, Jésus, je te le jure. Allez, bois un coup, ça va te remonter !

Les verres furent remplis. Vidés aussi vite. L'alcool leur chauffa le cœur et l'angoisse qui étreignait Jésus l'abandonna. Écœurée. Il secoua la tête à la façon du boxeur sonné par l'adversaire. Comme pour se débarrasser de quelque chose d'invisible. Il leva des yeux larmoyants sur Bichon. Il voulait savoir pour les flics sur son palier.

— Il est en uniforme ? demanda-t-il à son ami, car cela semblait le torturer, avoir une importance capitale.

— À ce que je sais, oui, le conforta Bichon.

— Pourquoi chez moi, Marcel ?

— 'Sais pas ... Une fuite d'eau peut-être.

— Tu racontes des histoires ! Et Maria ?

– 'Sais pas, j'te dis, merde !

– T'énerve pas, Marcel... Je dois savoir ce qui se passe chez moi. Je dois savoir si ma femme a eu un accident, non !

– Tu restes là, tu bois, et tu la fermes !

– Mais... Maria, Marcel, dis...

– Maria est chez les flics, là, tu es content !

– Chez les... mais pourquoi, Marcel ?

– 'Sais pas, Jésus. Je t'assure que je l'ignore. Tu me crois, pas vrai ! J'espère seulement que ta femme ne sait rien de notre affaire. Je veux dire du flingue que tu as caché dans ta tanière. Reste ici ce soir, demain il fera jour.

– Si je rentre pas, la flicaille va me rechercher et j'aurai des histoires. Non, Marcel, je vais y aller, ma place est auprès de ma femme. Ma Maria est peut-être à l'hosto... J'ai pas le droit de fuir mes responsabilités. Il lui faudra des papiers... Du linge ...

Bichon soupira, excédé par la conduite absurde, irréfléchie de son ami et complice. Il allait devoir l'assommer pour qu'il reste tranquille. Mais au bout de plusieurs verres, la fatigue aidant, Jésus s'assoupit et glissa mollement sur les coussins du canapé.

Mauricette aurait pas aimé, songea Bichon. Oh, et puis merde après tout ! Mais le portrait dans le cadre mordoré posé sur le buffet le rappela à l'ordre. Mauricette... Mon dieu, pardonne-moi, ma chérie...

La voix possédait une propriété inconnue, quelque chose de particulier, ce type d'accents aigus qui libéraient l'agressivité avec un ton à la limite du pathétique, un cri lancé dans l'espace, une longue plainte. une douleur montant des tripes, à la mesure du désespoir. "J'ai déjà trop vécu" disait-elle. Allusion à une jeunesse en friche, illusions perdues ?... *Je rêvais d'un autre monde ! Où la terre serait ronde ! Où la lune serait blonde !* Pas de pot, mec ! La lune était et resterait toujours un astre déconcertant, tantôt rousse ou cendrée, jamais de la couleur des blés ! Faudra changer de planète, bonhomme !... Rêve, petit gars, c'est ton seul droit sur cette terre ! Le seul truc qui ne soit pas imposable ! Des fois qu'un Ministère du rêve serait créé. On nous fait payer l'air qu'on respire ! La pollution, p'tit gars. Fais gaffe ! La défonce dans le néant ! L'overdose d'irréalité ! Déchirure de l'être, révolte de la passion contre une société qui fout le camp de travers. Qui marche sur la tête ! Yasmina n'aurait su le dire, l'analyser. La voix gémissait encore dans son crâne. D'autres voix, de nouveaux rythmes... Anthrax, Infectious Grooves, Phobimaniacs... Puis, brutalement la sono cassa. Ce fut le vide, le trou sombre. Pourtant "Rage", le groupe à la mode, qui vous pétait dans la gueule avec toute la force de sa conviction, venait de la faire vibrer comme une corde à piano. À présent son cerveau était disponible, mais commençait à se remplir d'images diffuses, qui se trouvaient là, tapies dans le noir, monde de l'étrange, de ce qui fait peur. Farid éclata dans un kaléidoscope de couleurs folles, violentes, son souvenir revint prendre possession de son être au-delà de la mort, balayant le reste, arrachant les fils qui la rattachaient au monde extérieur.

Yasmina revoyait son amour déchiré, photo jaunie qui interpelle, mais dont l'écho se heurte à l'indifférence. Le sang sur la chaussée, rouge comme celui des Blacks, couleur pourpre de celui qui coule dans les veines des Blancs, les gens qui l'entouraient, qui venaient le renifler, spectacle rare, drame en un acte, les flics qui l'emmenaient dans la bâche à cadavre vers le fourgon. Vision macabre de la vie, le moment où tu n'es plus rien, ce quartier de viande que l'on va jeter à la morgue, foutre à poil et laver au jet d'eau glacée. Un numéro, et au frigo ! Démence de l'instant où tout bascule dans le pire des cauchemars. Absence, vide, inanité. Combler ce trou, cette rupture mentale, amant et femme séparés.

Perdue au tréfonds de l'oubli, elle ne remarqua pas tout de suite la silhouette trapue de ce qui pouvait être un homme, vêtu d'un manteau sombre et une écharpe roulée autour du cou. Il avançait vers elle comme le plus innocent des passants de la rue, plongé sans doute dans les soucis de sa vie quotidienne.

L'allure lourde, le dos voûté, il semblait écrasé par quelque poids trop lourd à porter. Une dizaine de mètres les séparait encore. Yasmina pensa qu'un homme de cet âge devrait se trouver chez lui auprès de sa femme, le cul dans un fauteuil ou dans son lit. Oh, et puis zut, après tout ! Qu'est-ce qu'elle en avait à faire qu'un type se balade là où, pour les bonnes âmes charitables qui n'auraient pas manqué de le blâmer, il n'aurait jamais dû se trouver. À deux heures du matin, pour une fille, c'était un outrage aux bonnes mœurs ! Plus de métro pour rentrer à la Cité. Le stop ! Pourquoi pas, mais risqué ! Une bagnole qui ralentit, trois connards à l'intérieur, des bouilles avenantes, une portière qui s'ouvre, celle de droite à l'arrière... Elle avait pas besoin de dessin, la beurette... Savait le reste... Une copine avait morflé, subi les assauts sexuels de quatre mecs toute une putain de nuit ... Rouée de coups et tailladée au cutter, restée deux jours dans une cave humide et puante, elle était demeuré prostrée, ne prononçant plus le moindre mot, le regard fixe... Elle était à l'hosto, secteur jaune, psy... Il faut vivre dangereusement avait dit quelqu'un ! Alors... Bonjour les séquelles !

Ils allaient se croiser. La dernière des choses que les yeux de Yasmina accrochèrent furent des traînées d'urine qui partaient du mur pour finir dans le caniveau. Elle sentit le trottoir, sale et gluant, qui collait à la semelle de ses bottes. La ville était dégueulasse. La Cité où elle faisait son apprentissage de la survie en milieu urbain était pire. La prétendue civilisation occidentale s'avérait une fumisterie. Ceux qui le proclamaient étaient enfermés dans des blockhaus, à l'abri. La jeune Arabe vivait dans un cloaque.

L'homme arrivait à sa hauteur, sa main droite sortit de la poche de son manteau, un jet pulvérisé gicla dans les yeux de la jeune fille, puis tout s'enchaîna très vite. Le gaz liquide lui brûla la sclérotique et les muqueuses, provoqua des éternuements brusques et répétés, à la limite du supportable. Elle suffoqua, privée de réaction. La bouche ouverte, elle chercha de l'air, voulut crier, appeler du secours, mais personne ne sortait le chien ou les poubelles. Vu l'heure ! Pas même un S.D.F. planqué sous des cartons. La ville était vide et noire. DARK CITY ! Yasmina entendit un déchirement, sentit qu'on lui appliquait un truc collant sur la bouche, de l'adhésif large et solide, celui employé pour sceller les colis, qu'on l'entraînait.

Elle tenta de porter des coups de pied, mais n'atteignit pas l'individu qui l'étouffait. Yasmina devina très vite que son agresseur préparait un coup tordu lorsqu'elle perçut un bruit métallique et sentit de vulgaires bracelets froids passer autour de ses poignets. Des menottes ! Un flic, elle pensa. Mais elle n'avait rien fait de répréhensible. Et puis, c'était pas leur truc d'agir de cette façon. Elle paniqua, se raidit, sentit quelque chose de chaud couler entre ses cuisses, sur ses jambes. Elle urinait. La peur. Elle flaira que l'homme s'affairait à une manœuvre bizarre. Il respirait fortement, poussait des exclamations étouffées, faisait des efforts avec difficulté. Un objet tomba avec un bruit mat. Elle s'inquiéta d'un raclement sur les pavés. La chose rebondit avec un fracas épouvantable. Elle pensa à une plaque d'égout. Ça venait de lui péter dans le crâne. "Pourquoi les égouts ?" Il est dingue ce type ! Il veut me violer dans les égouts ! Elle réalisa avoir vu une bouche ouverte, des employés qui descendaient une échelle aux barreaux réduits dans le goulot étroit. Ce qu'elle entrevoyait lui semblait à présent impossible. Tout devenait confus, ses poumons lui faisaient un mal atroce, elle se noyait, avec cette même impression d'asphyxie. L'adhésif lui plaquait les lèvres, soudait ses dents. Panique. La fuite. Elle devait courir pour lui échapper. Échapper à l'échelle descendant vers ce qu'elle redoutait : les bêtes, les rats... Ses yeux étaient lourds, à vif, larmoyants. Elle respirait avec peine, avalant des goulées d'air, ses narines écorchées par le lacry. Elle courut dans la rue, cherchant à s'arracher à la nuit, à l'angoisse, aux bruits produits par ce que cet homme manipulait, traînait sur le pavage mouillé d'une pluie fine et glaciale.

Rue déserte. Travelling de la terreur, gros plan sur les bottes de cuir rouge, accélération du rythme cardiaque, le carrefour si proche et si lointain. Et au-delà... Peut-être une voiture de police en patrouille nocturne, un taxi, n'importe quoi... Sortez, merde ! J'ai mal ! Ouvrez vos fenêtres, tas de cons ! Elle n'avançait pas, ne distinguait qu'une faible lueur à travers ses larmes, de rage et de détresse. Spasmes nerveux, incontrôlables. Yasmina n'était que douleur, Farid l'attirait à lui, l'appelait mais elle ne l'entendait pas, son amour détruit, poupée cassée, démembrée, cette putain de rue désertée, "Rage", *la lune blonde*... Où se trouvaient ceux qui vivaient là, derrière ces murs de pierre ? Au chaud dans leur plumard ! Non assistance à...

Elle trébucha, se heurta à une canalisation, matière rugueuse... Ses paupières étaient rongées par l'acide, sa poitrine abominablement douloureuse. Yasmina crut avoir filé entre les pattes de son bourreau, des silhouettes flashaient devant ses yeux à demi-ouverts, à travers ses pleurs des gens venaient à son secours, mais aucun son ne lui parvenait, les ombres restaient muettes. Pas de vie alentour. Le cerveau de Yasmina s'affola, comme un manège de fête foraine qui se détraque, ses jambes ne la portèrent plus, flageolèrent, la main s'écrasa sur son épaule, on la fit pivoter. Quelqu'un venait enfin la secourir. Soulagement tardif, mais délicieux. Une vague de fraîcheur l'envahit. Son mal s'atténuait. Elle songea à prendre une douche en rentrant à la maison. Se laver de sa peur.

Yasmina sentit un changement. Comprit son erreur trop tard. Allez planter vos ongles dans les yeux d'un type quand vous êtes aveugle ! Allez enfoncer votre coude dans les côtes de ce type ! Surtout quand il vous arrache les cheveux d'une main et vous étrangle de l'autre ! Yasmina pensa à jeter son sac dans une fenêtre, le raffut du verre brisé ferait fuir l'agresseur ! Mais elle n'avait pas de sac ! Se glisser sous une voiture en stationnement, garée dans cette rue sans nom… Faudrait se baisser, aller la chercher. Ces règles de survie ne pouvaient pas s'appliquer. Yasmina était ferrée comme un gros poisson. Ses pensées se diluèrent dans une nouvelle douleur qui fulgura dans sa tête. Le sol se déroba sous ses pieds, elle ne sentit plus rien tout à coup, la nuit se fit de plus en plus noire, définitive. La chaussée désertée par l'humain enfantait une nouvelle victime, devenait complice de l'homme au manteau, le protégeait. L'aube annoncerait un jour nouveau, lavé des souillures de la nuit.

*

Jésus avait été réveillé en sursaut par un de ses cauchemars favoris. Le F2 était plongé dans un silence religieux. Les ombres découpées par les meubles et les objets les plus divers lui semblaient menaçantes. Il se sentit vulnérable. Il serait bien allé réveiller Bichon, mais se ravisa, gardant ses frayeurs pour lui tout seul, les enfouissant au plus profond de son être. Maintenant le plus infime craquement lui balançait une giclée d'adrénaline dans les artères, provoquant une chaleur bizarre, soudaine. Jésus se sentit fiévreux, il passa la main sur son front, la ramena couverte de sueur. Il eut froid, remonta sur son corps la couverture laissée là par Marcel. Brave Marcel, va ! pensa Jésus. Il avait été bon pour lui dès le premier jour où ils avaient fait connaissance dans le troquet du "Père Casimir". Une figure, le Casimir ! Pied-noir exporté par les Arabes lors de l'indépendance de l'Algérie en 1963. L'autodétermination d'un peuple ne se fait jamais dans la dentelle. Un passé douteux, le Casimir, un surnom curieux. Il avait ouvert ce qui, à l'époque, n'était qu'un minuscule local où officiait une brave femme dans la couture. Paradoxe des circonstances, son premier client avait été un bougnoule. Et, grâce aux travailleurs immigrés d'Afrique du Nord, le rade de "Casimir" avait prospéré. Aucune rancune des deux côtés. En apparence, on y consommait en pays neutre. Marcel avait invité Jésus à venir boire le dernier à la maison. Les premiers jours, Mauricette avait fermé les yeux sur la fréquence des beuveries des deux hommes, levant elle aussi le coude facilement. À la longue, cela avait fini par l'irriter. Elle en avait fait la remarque à Marcel qui l'avait mal pris, lui rétorquant que Jésus était son "seul" ami, qu'elle ne l'aimait pas parce qu'il était étranger, qu'elle devrait choisir une solution d'entente car il n'était pas question qu'il cède à ses caprices, à la bêtise de son jugement et que c'était lui l'homme à la maison. Jésus avait porte ouverte quand il le désirait et elle n'avait qu'à fermer sa gueule !

Lorsque Jésus apprit les problèmes qu'il soulevait au sein du ménage des Bichon, il voulut arrêter de les voir. Mais Marcel venait le relancer fréquemment et ils se voyaient en cachette de Mauricette. Jusqu'au jour où Mauricette fut attaquée dans le "Parc aux rochers" par un

Arabe et dut être hospitalisée d'urgence. De nombreux coups de couteau lui avaient perforé des zones sensibles. De ce jour-là, les deux hommes picolaient en toute liberté au domicile conjugal des Bichon. Ses souvenirs de "chambrée" avec Marcel lui faisaient oublier les formes nocturnes dissimulées dans cette pièce où il cherchait à retrouver le sommeil. Il ferma les yeux, mais sut qu'elles se trouvaient là, partout autour du lit, leurs visages hideux penchés sur lui. Un bruit métallique le tira de son engourdissement. On trafiquait une serrure quelque part. Les zombies ne touchent pas aux serrures. La panique s'empara de son cerveau perturbé, lui ôtant tout contrôle sur lui-même. Il chercha les "créatures", ne vit rien, noirceur d'encre, elles s'étaient planquées dans les murs. Il mit du temps avant de réaliser que cela provenait de la porte d'entrée de l'appartement. Qu'il était pas auprès de Maria, ne visualisant pas instantanément l'espace autour de lui, porteur de ses propres frayeurs. Que cela ne pouvait être fatalement que le maître de maison. Il voulut se lever alors, se diriger à tâtons, tel un aveugle, glissa malencontreusement, ne put se rattraper et sa tête heurta l'arête de la table basse en verre que Marcel avait offerte à sa Mauricette pour fêter son anniversaire. Sa panique grandit d'un cran sous l'effet de la douleur. Il porta sa main à l'endroit où il avait mal, la retira, apeuré. Au toucher, il avait senti la blessure, la chair déchirée, le liquide gluant. Il voulut se relever, comprit que cela lui serait impossible. Il n'avait plus d'équilibre.

Brutalement la pièce fut inondée de lumière.

Bichon était là, en habit de ville, et il regardait un Jésus à demi écroulé sur le tapis, la tête couverte de sang et le visage crispé par la trouille.

– D'où tu sors ? parvint à articuler le blessé.

– 'Pouvais pas dormir, suis allé faire un tour, mais toi, mon cochon, t'as salopé mon tapis, peux pas te laisser cinq minutes sans que tu fasses une connerie !

Il était furieux, le Marcel.

– Bon, j'vais t'arranger ça, bougonna-t-il. Après, tu dors, hein !

*

Safi, le Nigérien de l'îlot 27, débarqua à cinq heures du mat' dans l'escalier menant aux caves d'une des Tours Noires. Il s'arrêta pour chercher la clef que lui avait donné Sergio, le Rital, qui, entre deux bagarres familiales, là-haut, au deuxième, venait coucher dans son lit préféré : quatre vieux pneus fauchés sur des bagnoles dans la téci qui pourrissaient un peu plus vite que lui. Il l'enfonça dans la serrure au moment où la minuterie s'éteignait. Il dut alors se diriger à la faible lueur de son briquet car toutes les ampoules avaient été volées.

Safi dénicha Sergio dans la cave du fond, à droite, la dernière, celle abandonnée par son propriétaire légitime qui avait dû aller plus d'une bonne dizaine de fois porter plainte au commissariat pour vol avec effraction.

Le grand corps efflanqué du Rital bougea dans la pénombre.

– C'est moi, Safi. C'est grave.

L'autre remua, lâcha la poche de papier qui contenait le .357 – prise de guerre sur un flic des CDI lors d'un règlement de comptes entre bandes rivales – s'accouda à ses pneus et dans le noir craqua une allumette qui enflamma une bougie. Le local s'éclaira faiblement. Drôle de gueule, le Sergio, remarqua Safi. Il est en manque ! Mais il devait dire ce qui lui brûlait les lèvres.

– C'est Yasmina, Sergio, elle a été tuée.

– Tu me réveilles pour dire des conneries, Safi…

La voix du Rital était traînante, mais laissait sourdre une colère à venir.

– Je te jure que c'est vrai !… Demande au Vicomte, lui te dira…

– Si c'est une blague, Safi, je te punirai. Tu le sais …

Le Black se mit alors à parler très vite, pour convaincre.

– Le Vicomte a vu l'homme, un Blanc avec un pardessus à carreaux, il était caché le Vicomte, on l'avait attaqué pour lui voler sa pension, ils l'avaient abandonné dans un tas de vieux cartons et de poubelles renversées, il a vu l'homme avec les carreaux ouvrir une plaque d'égout, et traîner un corps à côté. Il a reconnu Yasmina à ses bottes, les rouges qu'elle mettait toujours pour sortir avec Farid, puis l'y jeter dedans, dans le trou. Il n'a pu rien faire, il était K.O., mais il a vu l'homme et l'a reconnu.

– C'est qui ? demanda Sergio, soudain intéressé.

– S'appelle Bichon, loge à la Tour… Zut, le trou…

– Du calme, petit, c'est facile à trouver. Bon, tire-toi… Je dois dormir, merde, 'suis crevé !

Safi était désemparé, il ne comprenait pas les grands comme Sergio, le Rital, cet ami qui était devenu un "grand frère". Son royaume, c'était la rue, ses sujets les dealers et les camés, les paumés et les traîne-savates, son "Saigneur et Maître" Sergio. Avant de sortir, il perçut un bruit, quelque chose venait de tomber. Il se retourna et aperçut une boîte de fer dans une petite mare d'eau saumâtre. Il avait déjà vu ce genre d'ustensile de docteur au dispensaire où l'emmenait sa sœur cadette pour les vaccins obligatoires. Il savait que dedans il y avait une seringue et une grosse aiguille. Le Rital ne faisait aucun mouvement pour la reprendre. Il tenait à la main une cuillère à café noircie qu'il promenait au-dessus de la flamme de la bougie. Safi savait ce que cela signifiait. Il décida de ne pas assister à ce spectacle. Sergio était comme ces "poupées vaudou" plantées d'aiguilles. Abcès veineux purulents sur tout le corps l'apparentaient au crapaud. Laissant le Rital se détruire, il replongea dans l'obscurité du goulet menant à la sortie.

*

– Les égoutiers viennent de nous aviser, Chef ! Une gosse a été retrouvée morte dans le secteur Villette.

– C'est chez nous, Blanchard ?

– Oui, Chef, répondit-il. À question idiote, réponse idiote, pensa Blanchard.

– Merde, manquait plus que ça ! Bon, bigophonez au Patron du Quartier Villette et envoyez le fourgon Police-Secours.

– Ils sont sur une défenestrée.

– Mettez le nouveau cabot, celui qu'on surnomme le "Fossoyeur", sur votre "Reine des égouts", il va aimer ça !

– Il est à Roissy, mission spéciale pour un charter à destination du Mali, deux Bambaras qui font le voyage de retour à Bamako aux frais du contribuable, le doucha le flicard.

– Vous le faites exprès, nom de dieu ! alors démerdez-vous tout seul, mon vieux, c'est votre boulot !

Il ne répondit pas, sortit du bureau et se dirigea vers le "bocal-radio". Il demanda au P.C. District de lui envoyer un car de ronde. Rien à faire. Tous les véhicules étaient engagés. Il ne lui restait plus que le P.C. État-Major qui couvrait tout Paris. Il décrocha le téléphone et appuya sur la touche de la ligne directe.

9

– La môme trempe là-dedans depuis deux jours, disait Brachot, l'O.P.J. de permanence du Quartier Villette. C'est affreux, mon vieux ! L'acte d'un malade.

– C'est qui celui qui t'a rancardé ? fit Grenelle entre deux bâillements.

– Le légiste, vieux, répondit-il, pas plus frais que lui.

Grenelle avait été prévenu quelques instants plus tôt par Brachot. Le Capitaine Brachot était d'une maigreur à faire reculer d'effroi un rescapé des camps de la mort. Son nez aigu, ses pommettes saillantes et cette bouche aux lèvres absentes renforçaient son image de marque. Le famélique piétinait dès sept heures du matin dans le sous-sol nauséeux. Après avoir pris connaissance de l'identité de la fille, à l'aide de la carte scolaire pliée en quatre, trouvée en fouillant le blouson de cuir fauve dans la doublure déchirée, il fit télexer à tous les services P.J.

Le groupe Grenelle avait percuté aussi sec et avisé leur chef. Il avait sauté dans sa voiture de service dont il se servait pour rentrer chez lui. Grenelle avait débarqué dans les égouts à huit heures trente, mal réveillé et grognon.

– C'est le troisième crime qu'il commet ce fumier ! dit-il, glacé.

Brachot le regarda stupéfait, la bouche ouverte. Horrifié.

– Qu'est-ce que tu racontes, vieux ! s'exclama-t-il. Tu connais celui qui a mis la gosse dans cet état ?

Il n'arrêtait pas de bouger, allant et venant sur place, nerveux jusqu'au bout des ongles. Le boyau souterrain faisait écho à ses paroles, hallucinant.

– Pas vraiment, non, mais je sais que c'est lui, le Père tranquille de la Tour numéro 3.

– Tu attends quoi pour le foutre au trou, ce type ?

– Pas de preuve, Il est rusé le vieux con ! Il a déjoué notre surveillance. Faut dire qu'avec les branques que j'ai dans le groupe... Mais je vais faire mieux. Je dois assurer la protection de sa prochaine victime.

– Ah, parce que !

Il manqua s'étrangler, Brachot. Il reprit :

– Y'a une autre conne qui va se faire buter et toi tu me parles de ça, tranquillement installé dans la merde à deux pas du cadavre !

Il tenait plus en place, Brachot. Il manqua glisser sur le sol gras et inégal. Tourmenté par l'attitude de Grenelle, il s'étouffait de rage.

– Non, pas une gonzesse, le jeune Roberto. Ça terminera la trilogie. Celle de Dumas Père.

— Dumas... Ça veut dire quoi ?

— Connais pas Dumas, Brachot ? Le Père des "Trois Mousquetaires", ça n'évoque rien dans ta grosse caboche de flic fripé ?

— Ça, tu vois, je connais, fit Brachot, désignant du doigt le corps gonflé de la morte. L'a été bouffée par les rats. Et ça va me foutre des nuits blanches !

— Dis donc, Brachot, tu fais le boulot de ton Divisionnaire ! s'étonna Grenelle, moqueur. C'est ce cher Compans qui devrait se trouver là, à patauger dans la merde !

— L'est malade, bougonna le flic filiforme. Qu'est-ce que ça peut te foutre après tout !

Le cadavre de Yasmina venait d'être déposé sur un brancard. Deux flics en tenue le soulevèrent et l'enfournèrent dans le fourgon.

— Ça fait du bien, fit Grenelle, respirant à pleines narines l'air frais de la rue.

Brachot ne répondit pas. Il regardait les portes se refermer, le chef de car grimper à bord du Jumper, celui à qui il venait de remettre le bon de réception du cadavre. Direction l'I.M.L. L'antichambre de la découpe. Odeurs de formol et de sang. Dissection et rapports d'expertise. L'usine de recyclage de la mort après la vie.

*

La mère de Yasmina était venu déclarer la disparition de sa fille au policier d'astreinte qui l'avait notée sur la main courante. C'était dimanche et on était en dessous du pourcentage de présents, service restreint à sa plus simple expression, et puis une mineure qui fugue... À la cadence de cinq à six par jour, les poulets ne se formalisaient plus outre mesure. On banalisait l'inévitable. Dès le corps découvert par les égoutiers, un télex avait été transmis à tous les services de police, y compris la proche banlieue de la capitale. Grenelle fut mis au courant et c'est à lui que Brachot confia le bébé, sur décision du juge d'instruction. Il convoqua Fatima Sadak. La mère de Yasmina, "le bébé assassiné". Qu'aurait-il pu dire à cette femme qui pleurait doucement, le corps visiblement déformé par de nombreuses grossesses, les mains tachées de henné triturant un mouchoir blanc. Il l'observa avec commisération. Une boule de pitié serrait la gorge de Grenelle. La rage remplaça la compassion face à l'absurde et au malheur. L'interprète avait dû se borner à traduire ses déclarations, les questions habituelles, certaines qui font mal, mais qui sont obligatoires. Fatima Sadak répondait à mots hachés, parfois inaudibles. Chagrin palpable, impuissance et tourments rentrés, cachés par pudeur, de peur que, tel un fleuve débordant de son lit, sa colère n'éclate et submerge ce petit bureau et ses occupants. Mais Fatima Sadak se tut, signa

174

d'une croix le procès-verbal qu'on lui présentait et qui se terminait par... "Persiste et signe avec nous le présent, à..." Elle sortit de la pièce, courbée sous la charge atroce qu'il lui fallait endurer.

Longtemps Grenelle ressentit sa présence, la tristesse et l'accablement qui écrasaient Fatima Sadak. Elle devait porter sa croix. Face à cette mère torturée, il n'y avait plus que le silence. Une immense souffrance intérieure pesait sur leurs épaules, envahissait la pièce, les empêchait de prononcer un mot avec la crainte de profaner la mort brutale de Yasmina. Bientôt leur respiration viendrait à s'arrêter, l'oxygène manquerait et ils s'affaibliraient jusqu'à s'évanouir, jusqu'à rejoindre l'enfant victime de la vie, la gosse de la Cité, celle qui ne devait pas mourir.

Grenelle se secoua, chassa les pensées moroses qui embrumaient son esprit, renversa une chaise, la remit sur ses quatre pieds de métal et pensa à Balard. Où était-il passé çui-là ? Comme pour répondre à sa question, la porte s'ouvrit sur la frime de l'enquêteur. Drôle de tête, Marlowe !

– Sabine est terrorisée ! dit-il sans préambule. La voisine, une serveuse de bar, a une bronchite. Qu'est-ce qu'elle tient, la garce ! Elle crache ses poumons, sans interruption de son. Alors, Sabine, ça la fait gerber, elle a peur, tu vois !

– Je vois, soupira Grenelle, à la limite du "je vais t'éclater la tronche" ! Je vois surtout que tu sais rien et

175

que tu m'emmerdes avec ta greluche et ta serveuse qui vomit ses bronches ! Y'a du nouveau, mec ! Du saignant !

L'étonnement se peignit sur le visage de Marlowe-Balard. Il décida de le secouer.

– La petite Arabe, mec, tu sais, la copine à Farid, eh bien sa mère sort d'ici. "Notre ami" l'a trouvée et l'a assassinée de façon horrible. Tu vois de quoi je parle... B-I-C-H-O-N... Réveille-toi, merde !

– Ça va, j'ai compris ! Ensuite...

– Tu vas filer Bichon. Tu le quittes pas d'une semelle, compris ?

– Ouais, je le filoche... Et après ?...

– Tu m'as mal entravé, petit. Tu le colles comme s'il était la femme de ta vie, vu ! Tu le fais au jaloux ! S'il pisse, tu pisses aussi, même si t'as pas envie. Tu le respires, tu lui bouffes son oxygène. Puis, stop !

La stupeur de Balard valait le déplacement. Front plissé, arrêt sur image, quinquets agrandis, blocage du tout-à-penser. Neurones en panne.

– Pige pas, moi !

– On lui lâche les baskets. Il comprend plus et croit au vide définitif. Erreur ! On est là, mais le pépère nous voit plus. Et, avec un peu de chance, il tente de buter Roberto. Mais nous le piégeons avant.

– Pas mal vu, fit Balard... tout de même hasardeux. Le gamin fait la chèvre, mais disons... qu'on lui tient la bride assez lâche pour qu'au moindre choc... crac, on tire ! On doit pas rater, sinon, c'est la bavure.

– Pas de risque que ça rate, petit. J'en fais une affaire personnelle. Une question d'honneur, de principes et de grands sentiments, comme dirait le pote Béart. J'ai vu la mère Sadak tout à l'heure et, crois-moi, je suis pas prêt de l'oublier.

– Tu veux... commença Balard, lorsqu'il fut surpris par la sonnerie du téléphone.

Grenelle décrocha le combiné, fit : "Allo !..."

– Monsieur le Commissaire, chanta la voix des Antilles, j'ai un renseignement urgent à communiquer à l'Inspecteur Balard.

– C'est pour toi, lança Grenelle, déçu.

Lorsque Balard eut raccroché, il affichait une plénitude radieuse. À croire que Sabine et sa voisine n'existaient plus. Une femme chasse l'autre...

– C'était la fille de l'Office des H.L.M. On a déniché Da Costa sur dénonciation. Les collègues sont venus vérifier, ceux des Réseaux ferrés parisiens, du Commissariat Spécial de la Gare de l'Est.

– Je les appelle ! lança Grenelle tout excité. Toi, tu avises la permanence des magistrats et tu demandes le juge Lamotte, surnommé Piquet, parce qu'il se tient raide comme un bout de bois. Tu lui présentes la situation pour qu'il te refile une commission rogatoire destinée à une visite domiciliaire chez un quidam qui aurait une certaine relation de cause à effet dans l'affaire Farid Bouaoui. T'oublies pas de lui refiler son blaze, da Costa. De toute façon, il est au courant, c'est lui qui a instruit l'affaire.

Tout allait de travers pour Grenelle et l'enquêteur Balard. Maître Puntila et son valet Matti méritaient le détour. La Comédie humaine, les poulets la vivaient à l'année dans toute sa splendeur. D'abord Lamotte-Piquet n'était pas présent à sa permanence, d'où un retard évident pour délivrer la C.R. Impossible de débarquer en force chez Da Costa, sinon, gare aux foudres du Garde des Sceaux et de la fougue policière. Rigolait pas, çui-là ! Restait plus qu'à renforcer la garde au domicile du Portugais et à foutre la main sur Roberto avant que l'ordure qui tuait en toute impunité ne le retrouve.

– Après tout, pourquoi pas aller tirer la sonnette à Da Costa ? suggéra Balard, retrouvant du poil de la bête.

– T'es con ou quoi ! explosa Grenelle. Pour qu'on nous colle sur le dos du "harcèlement de suspect", d'avoir usé et abusé de notre qualité pour forcer sa porte ! Non, mais ça va pas, mec ! On a "logé" ce Portugais, alors tu patientes, vu ?

– OK ! Je vais aller à la Gare de l'Est pour vérifier les fautes d'orthographe de la procédure des "cousins" et voir ce fusil de plus près. Des fois que ce serait le bon ! Celui qui a servi au meurtre. Ça vaudrait le coup, non ?

– J'allais te le demander, mec ! Marlowe serait déjà sur place, lui ! Imbibé jusqu'aux yeux, je te l'accorde, néanmoins au boulot !

– Ça va, ça va ! Arrête de me charrier !

Maria détaillait l'homme à qui elle venait d'ouvrir avec un dégoût non dissimulé, ses yeux fatigués allant du bandage qui entourait le haut de son crâne au teint grisâtre de son visage.

– T'es même pas fichu d'avoir tes clefs !

Jésus restait planté là, sur le palier, totalement déjanté. La trouille le reprenait, l'empêchait d'agir. Il était dépourvu de toute réaction.

– Allez, rentre ! lui jeta-t-elle avec aigreur.

Jésus s'approcha de sa femme, mais elle n'était pas d'humeur. Elle le rembarra vivement en crachant comme une vipère :

– T'es un minable, fiche-moi la paix !

– Mais… Maria, qu'est-ce que tu as ?

– Rien, fit-elle, je n'ai absolument rien, si ça peut te rassurer.

Elle ricana, pleine de reproches :

– D'ailleurs je n'ai jamais rien eu depuis le jour maudit des dieux où je t'ai épousé. Pour le meilleur et surtout pour le pire.

– Maria … pourquoi ? Qu'est-ce qui te pousse à autant de méchanceté ?

– Mais ouvre les yeux, regarde ce qu'il a fait de toi, cet ami si cher ! Il te détruit, Jésus, et moi avec ! Quand vas-tu réaliser ce que nous sommes devenus, bon sang !

Un rictus de haine déforma cette bouche aux lèvres voluptueuses lorsqu'elle ajouta :

– Il nous coûte cher…

Elle se reprit aussitôt. Jésus ne devait pas savoir pour les flics.

– Fais voir ta tête au lieu de tourner autour de mes fesses ! Elles te plaisent encore mes fesses ? dit-elle d'un ton qu'elle voulait détaché.

Recherche d'une réaction, titiller l'ego enfoui sous des tonnes d'abandon de toute virilité. Le stress, l'alcool, le boulot qui ne remplissait plus l'assiettée.

– M'en fous de ton cul, Maria…

Elle avait essayé, pas mérité d'être humiliée.

Les mots qui sortirent de la bouche de Jésus la glacèrent.

– Explique à ton petit mari ce que foutait un flic devant ta porte…

Elle répliqua du tac au tac, conjurant sa peur :

– T'étais où cette nuit ?

Elle n'attendit pas la réponse car elle savait. Maria-la-Haine était là. Faiblesse passagère.

– C'est chez LUI que tu étais ! Toujours chez LUI ! Tu as un lit qui t'attend ici, merde !

– Et c'est toi qui le chauffes peut-être !

– Depuis vingt-deux-années, oui ! martela-t-elle. Bichon, lui, il te chauffe l'esprit !

– Ça suffit, Maria ! Arrête !

Il avait hurlé. Le visage qu'il lui montrait, Maria ne le reconnaissait pas. Jésus s'était approché d'elle, non une envie charnelle, bien qu'elle eût préféré le subir, se voir prise par cet homme à l'haleine avinée. Quelques derniers verres avalés pour se donner du courage avant de devoir l'affronter. L'autre avait dû le pousser une fois de plus. Une fois de trop. L'autre, encore et toujours, l'autre. Elle détestait ce Bichon. Sans lui, son mari aurait gardé un équilibre. À présent, ils s'affrontaient comme des chiffonniers. Le dialogue était brisé. La bouche de Jésus déformée par la colère, tordue, immonde. Dans ce cerveau enfiévré par l'alcool, le mal était surmultiplié. Il ne voyait plus qu'une harpie en face de lui. Un voile rouge passa devant ses yeux et il dérapa de la réalité à ce que les experts appellent un raptus, "le passage à vide". Il saisit la gorge palpitante de révolte et de sang dans ses deux mains et se mit à serrer, serrer.

Maria se débattit, lutta jusqu'à l'extrême limite de ses forces contre cet homme qu'elle aimait encore – sentiment enfoui, oublié, perdu, mais demeuré là, quelque part au tréfonds de son être – elle sentit une odeur de brûlé, se souvint d'avoir mis de l'eau à chauffer, d'avoir retiré la casserole, oublié d'éteindre, comprit que ses cheveux s'embrasaient, sa tête à hauteur des brûleurs de la cuisinière à gaz. Elle battit l'air de ses mains, désespérée, perdue, non, ne pas finir comme ça ! Elle toucha un objet froid aux formes lisses, reconnut le four au toucher, parvint à tirer sur la poignée, à l'ouvrir et à prendre la broche à gigot qu'elle planta jusqu'à la garde dans le flanc gauche de Jésus.

Jésus, d'une bourrade, la fit pivoter. Maria lui tournait le dos, et il la maintenait à présent par la nuque. Tous deux oscillaient dans la pièce, des noyés se raccrochant au néant. Maria tenta de se soustraire à l'étau de chair et d'os, mais Jésus était très fort. Il était le plus puissant des deux. Elle venait de deviner où il voulait en venir, il cherchait à la défigurer. Elle comprit alors le degré de démence qui le poussait à agir. Elle crut un instant son salut arrivé. Ils s'étaient éloignés de la gazinière. Elle ne ressentait plus la fournaise, mais la cuisine était étroite, il était fatal que Jésus la repousse très vite au-dessus des flammes. Les reins de Maria heurtèrent brutalement une arête vive. Le coin de la table de formica où ils prenaient leur petit déj'. La douleur parut la briser, ses mains partirent à l'aventure trouver n'importe quoi. Elle en aurait pleuré, mais en avait-elle la force et le temps ? Une idée folle lui traversa soudain l'esprit. Il fallait accepter ce que sa raison lui commandait impérieusement. Reprendre le pic à broche... L'arracher des côtes de Jésus afin de tuer plus vite cet homme qui était encore son époux devant le Seigneur... Et pour le pire. Le pire était dépassé. L'outil avait dû occasionner des dégâts irréversibles, mais Jésus était résistant. Elle flanchait, était à sa merci, poupée brisée, pantelante, la gorge en feu, elle avait du mal à déglutir, glandes salivaires hors d'usage, pharynx écrasé, poisson hors de l'eau. "Eau"...

182

Flash… Le robinet, l'évier… Loin, trop loin, pourtant si proche, à portée de main… Mais Jésus la tenait, ne relâchait pas sa prise, sa proie. Les doigts de Maria se portèrent au morceau de métal qui sortait du corps de son mari, excroissance obscène, se refermèrent dessus, l'extirpèrent. La jeune femme y mit toute l'énergie dont elle disposait, tira fermement à elle, s'y reprit à deux fois, ça résistait, un blocage… Les os, peut-être… Elle entendit un chuintement au moment où ça cédait, suivi d'un cri de douleur.

Maria eut un sursaut, craintive, s'attendant à le voir agoniser, là, à ses pieds. Cela pouvait mettre… La violence de l'attaque la déconcerta. Le poing fermé de Jésus lui fendit la lèvre supérieure, lui brisant deux incisives, la sonnant pour le compte, out ! Elle crut tomber, mais une poigne terrible la maintint debout, la repoussant vers les feux de l'enfer. L'homme avait mal, cela se voyait aux traits de son visage, mais il devait survivre à cette femme tant qu'il n'aurait pas accompli la tâche dictée par la voix dominatrice qu'il se trouvait être le seul à entendre, cette putain de voix qui lui disait… "Administre la punition salvatrice à cette garce, Jésus, tu mérites mieux que cette salope ! Elle doit expier pour ses péchés !" La voix… Celle de Marcel… Il ne savait plus qui il était, ce qu'il faisait, mais il se devait de façonner sa dernière œuvre, par le feu, la crémation purificatrice, l'élimination des flétrissures…

Jésus adossa d'abord Maria à l'appareil de cuisson, puis la retourna. Il dut lâcher la gorge pour empoigner l'épaisse chevelure, lui faisant incliner la nuque, fantasme inassouvi ou cruauté l'amenant à une fellation horrible. Flammèches bleutées dansant devant ses yeux horrifiés, appel à une communion avec le démon, inspirée par un mélange confus de désert affectif, d'abus d'alcool et de folie meurtrière lui rongeant le cerveau comme une bête malfaisante. Il eut un bref éclair de lucidité, se souvint avoir ressenti quelque chose le pénétrer, le percer sous les côtes. Il y avait prêté une attention toute relative, occupé à assouvir sa soif de meurtrissures, ce châtiment corporel qu'il devait mener à son terme. Il parut hébété, réalisant alors que sa femme, cette femme qu'il tenait encore entre ses mains calleuses, avait osé ce qu'il ne l'aurait jamais cru capable de faire. Le bruit, un objet, du métal frappant le sol... Le pic à broche que Maria venait de lâcher. Le pic à broche qu'elle ne pourrait plus... Jésus affermit sa prise et le beau visage de Maria fut happé par la corolle rougeoyante rappelant l'auréole dont les peintres entourent la tête des Saints.

Jésus appuya jusqu'à ce que sa robustesse lui fasse défaut, que sa tension artérielle baisse inexorablement. Lorsqu'il s'écroula, privé de vie, le corps de Maria vint aussi, arrachant à la grille noircie et au brûleur ses chairs bouffées par le gaz enflammé où elles restèrent collées.

– Correspond point par point, de la mire à la queue de détente, au flingue qui a servi à buter Farid, mais ça n'a rien d'évident, fit Balard qui rendait compte à Grenelle de sa visite aux collègues de la Gare de l'Est.

– J'ai la C.R. dans la poche, mec, alors le "tos", va falloir qu'il s'allonge, grinça Grenelle.

La Renault bouffait la distance reliant le commissariat à la tanière de Da Costa, suivie d'un Jumpy rempli de casquettes. Ils déboulèrent dans la Cité à fond la caisse, faillirent emboutir un car de ramassage scolaire, deux mémères avec leurs cabas pleins, un chien errant, et frôlèrent l'accident fatal en évitant de justesse un Africain qui devait cacher des gris-gris quelque part sous ses frusques amples et colorées.

Coups de patins, claquements de portières, ordres divers et ce fut la *Chevauchée fantastique*. Dès le rez-de-chaussée ça puait le gaz, d'ailleurs les pompiers étaient là, partout, à tous les étages. Pas moins de trois casernes, nota Grenelle. Des fourgons dans tous les coins. Pour cette fois, cela ne relevait pas de la blague idiote d'une bande de zoulous avec attaque de "Fort Apache" à la clef. La Cité voisine en avait fait les frais deux jours avant : centre commercial, complexe sportif détruit et voitures brûlées.

– C'est une alerte au gaz, ça ! gueula Balard, étonné par le remue-ménage et les kilomètres de tuyaux déroulés jusqu'à l'entrée de la Tour. Manquerait plus que le "tos" ait fait le con !

– Je le souhaite aussi, lâcha Grenelle, qui gravissait les marches quatre à quatre.

Ordres nouveaux, "stornos" n'émettant plus sous le béton, crachouillements, piétinements et flottement chez les uniformes, puis une voix qui gueulait :

– Personne fume, compris !

Sur le palier du cinquième, porte gauche, c'était presqu'irrespirable. La porte était à demi arrachée et l'odeur leur piquait les narines. Les soldats du feu n'avaient pas fait dans le détail. Grenelle se souvint de cette femme qui avait ses clefs à la main et du sapeur qui l'avait bousculée pour mieux fracasser sa porte à coups de hache. Pour toute explication, il avait rétorqué à la pauvre dame qu'il y avait urgence. Navrant ! Une fois dans l'appartement, Grenelle se repéra et trouva la cuisine, son mouchoir comprimé sur le nez. Il régnait dans cet espace un froid glacial dû à l'aération faite par les pompiers afin d'évacuer les émanations d'oxyde de carbone et de prévenir tout risque d'explosion. Puis un mouvement de reflux s'était opéré vers le palier. Fastoche à deviner à la vue du spectacle.

– Terminé pour nous, fit-il à Balard qui cherchait à se rapprocher et renversait des chaises. Le fil qui nous reliait à l'assassin est coupé, mec ! Ils sont refroidis tous les deux ! C'est pas la peine que tu reluques la mère Da Costa, elle est pas belle à voir ! Les spécialistes du maquillage post mortem vont lui refaire une beauté ! ajouta-t-il.

— Un meurtre ? suggéra Marlowe.

— Tout est possible, mec ! Quoique je pencherais davantage pour un différend familial ayant mal tourné.

10

Le bruit attira Bichon à sa fenêtre. Une sonorité inhabituelle, infernale. Il se leva et s'y traîna en pantalon de pyjama et maillot de corps blanc qui devait servir d'essuie-tout. Il pesta parce que le pantalon venait de lui tomber sur les genoux. L'élastique de la cordelette venait de lâcher. Une main tenant la culotte, de l'autre il tira le rideau, découvrant des hommes et des machines qui s'activaient à bouleverser l'environnement des Tours.

Les pelleteuses étaient arrivées. Quelqu'un avait tracé des lignes et des formes sur le terrain en bas de sa Tour. Les lignes étaient tremblées et ces constructions primitives se découpaient en carrés symétriques. Bichon était atterré. Ils étaient venus pour troubler la tranquillité des Tours. La terre avait été labourée et retournée pour former des tas compacts. Ils venaient d'abattre les arbres. Ils n'avaient pas le droit de faire du mal aux arbres ! Ça vit un arbre !

Le bulldozer de poche montait et descendait comme un foldingue. Dans la cabine grillagée du "Bobcat", le pilote faisait penser à un animal dangereux. Un monstre de demain, style Mad Max. Et cela se passait aujourd'hui. Bichon distinguait nettement la tête de chat qui se découpait sur la carrosserie de l'engin. Le matou, la gueule ouverte, narguait Bichon, tel Tom du cartoon U.S., qui voulait la peau de Jerry, la souris, pour le prévenir de ne pas approcher du chantier.

Bichon vit "la folle" passer avec son fichu rouge sur sa tête malade, traverser ce carnage. Il comprenait pas Bichon. On n'avait prévenu personne. On prévient les gens quand on déclare la guerre ! Pas une note de la Mairie. Rien ! L'était pourtant pas bourré, Bichon ! Pas encore ! En bas, ça remuait ferme sur le nouveau chantier. Une espèce de manœuvre militaire faite par des civils. Pour donner le change, oui ! Où avaient-ils pris le droit de chambouler son atmosphère, de lui voler son calme et son repos, celui des habitants des Tours, et celui aussi de la "folle" de la Tour 8 ?!

Profaner le silence. Détruire l'harmonie du quartier. Tiens, le chien de la "folle" s'est tiré ! Et elle court après, la conne !

Je vais attendre que Jésus soit là et je lui dirai ce que nous allons faire pour combattre les gens responsables de ce fourbi. Il devrait pas tarder, Jésus ! C'est lui qui doit apporter le journal pour le tiercé de demain à Vincennes. Une belle course demain, avec dix-sept partants. En nocturne. Ce putain d'As, Exotic Girl, avec ce crack d'Hallais et le 6, Walk and Dance, me paraissent bien placés au sulky et ils devraient être à l'arrivée. Ça devrait faire un beau rapport et un peu d'argent nous ferait du bien, à Jésus et à moi. On pourrait mieux les envoyer en enfer, les mecs du chantier ! Avec des missiles, comme à Pristina ! Il faudra s'organiser, monter des tours de garde, opérer en terrain ennemi. Mais nous serons sur notre territoire, nous contrôlerons la situation en cas de repli inopiné ! Jésus sera d'accord, c'est sûr ! C'est un ami, Jésus. Un vrai !

L'univers de la Cité du silence. Son propre univers, vicissitudes de la vie, moments d'abandon, de décrochage, hauts et bas d'une existence morne, absente, vie d'habitudes contrariées, constante recherche d'un jardin secret, mort-né dès sa naissance à lui, Marcel Bichon, homme dont le destin était tracé. Pas de quoi pavoiser, Bichon ! T'es un pauvre type, voilà tout ! T'as rien dans les tripes, t'es un faible, un zombie, et tu crèveras dans ta tanière, le tombeau prévu et loué par avance à l'Office des "Achélèmes". Cette Cité est un cimetière, Bichon ! T'as compris, vieux con ! Tu veux qu'on te mette les points sur les I, saloperie humaine ! Jusqu'où faudra-t-il que tu tombes pour relever la tête ? Si tu peux, bien sûr, la relever ta pauvre tronche au cerveau fatigué, usé. Les gars du chantier ne t'ont pas prévenu de ce qu'ils allaient faire, dis-tu ! Ils t'ont pris par traîtrise ! Ils sont venus la nuit, tels des envahisseurs, dis-tu ! Par surprise ! Tu veux les chasser, pas vrai ! Alors fais-le, triste sire ! Tu sais pas comment ? Trouve, connard ! Mon dieu, pourquoi permettez-vous cela ! as-tu dit. Dieu ne peut rien pour toi ! Il ne peut te renier, mais tu restes face à ton dilemme. Tu es seul ! ...

SEULLL….. !!!!

Les bras articulés munis de godets énormes aux extrémités de ces foutus engins de terrassement continuaient à bousiller le sol, taillant à vif la croûte merdique. Dans un cycle infernal, des camions géants, aux roues chaussées de pneus énormes, évacuaient la terre arrachée à son lit de gangue noirâtre. Bichon avait une vision terrestre de l'enfer. Une activité démoniaque se déroulait sous ses yeux. Les mêmes yeux qui épiaient les fantômes humains de la Cité. Chaque homme était représenté par un lutin, un être sans foi ni loi, voué à son maître, le grand coordinateur des travaux. Ici, pas de syndicats ! Ils auraient disparu mystérieusement. Satan n'aurait pas aimé cela. Et on aurait remplacé le chef des travaux.

La matinée passait trop vite au gré de Bichon et les représailles prévues afin de stopper l'activité du chantier ne pouvaient être mises en route qu'avec Jésus. Qu'est-ce qu'il foutait, celui-là ? Incroyable, ça ! La pendulette, un réveil acheté par Mauricette à la fête de l'Huma, à Aubervillage, marquait déjà onze heures trente. Jésus devait être en route pour venir et il avait eu un accident. Ou sa femme l'empêchait de sortir. Sale garce !

Le cœur du chantier avait cessé de battre, ses artères s'étaient vidées du trop-plein de fureur qui les rendait lourdes et oppressantes, ses poumons avaient craché les ouvriers pour la pause de midi. Le grand corps monstrueux s'assoupissait pour rendre hommage à la trêve de l'heure du casse-croûte.

Les entrailles de la terre étaient mises à nu. Les toiles d'araignées suspendues aux rares arbustes épargnés par l'homme brillaient sous les reflets du soleil. Guirlandes éphémères, fils minuscules, presqu'invisibles à l'œil nu, sur fond de terre éventrée, fouillée par des bulldozers aveugles conduits par des hommes aveugles, robots humains au service d'autres hommes, de sociétés anonymes tenues par des types qui ne comprenaient qu'une seule valeur, celle de l'argent. Les blocs de terre formés au hasard du travail, empilés les uns sur les autres, faisaient penser à un gigantesque champ de bataille après que la mitraille se fut tue. Que de morts, grands dieux !

Soudain, jogging et baskets foulèrent cette terre torturée. La tête aux cheveux crépus émergeait du vêtement gris-blanc trop large. (Va se marcher dessus, songea Bichon.) Bichon désirait plus que toute chose au monde que la Cité soit propre, suivant ses normes à lui, pour saluer le retour de Mauricette. Ce serait son cadeau, sa façon de lui rendre hommage, de l'accueillir chez elle, chez lui, chez eux... De lui prouver son amour, un attachement profond et immuable.

Plus tard, au travers d'un brouillard épais qui s'était formé, les Tours émergeaient telles des étraves de navires perdus.

Bichon était revenu à la fenêtre, celle qui donnait sur le petit parking coincé entre la Tour 4 et la Tour 3. Il pensa que les bâtiments, que l'on avait du mal à discerner, voulaient trouer ce smog qui les étouffait. Fantomatiques, percés de lumières blafardes, ils paraissaient flotter, irréels et pourtant bien présents. La brouillasse était tombée vers dix-neuf heures, et encore ce matin il restait plus dense, s'étendant à la façon d'un liquide qui s'écoule, inondant tout ce qui s'oppose à son passage. L'effilochement cotonneux en suspension s'attaquait à tout ce qu'il touchait, se collant aux vitres, paraissant les traverser. L'environnement s'effaçait, comme gommé par cette substance qui vous enveloppait, se nourrissant de votre peur, pour vous recracher, apeuré, perdu, vidé.

Bichon éprouvait du mal à respirer, pourtant il n'était pas asthmatique, mais cette matière était vivante et l'angoisse lui serrait la gorge. Habitait-il déjà sa tombe, là-bas, dans le cimetière, secteur 18 ? Ne s'était-il pas rendu compte qu'il était mort ? Curieuse émotion... Ce putain de brouillard allait le rendre enragé ! Il devenait cinglé, il perdait pied, à moins que ce ne fût cette... Oui, c'était bien ça, une réaction à un stimulus extérieur. Que ressentait-on lorsqu'on avait cessé de vivre ? Peut-être avait-il cessé de vivre depuis longtemps déjà ? Non, il ne pouvait pas mourir avant Mauricette... Elle avait besoin de lui... Il devait lui survivre pour s'occuper de ses tourmenteurs, les méchants, tous ces malfaisants qui n'avaient jamais souffert ce qu'elle venait d'endurer, elle, "sa" Mauricette... L'hôpital, les draps blancs, les infirmières... Son univers englouti comme "l'Atlantide". Les eaux avaient-elles submergé la Cité ? Il délirait, Bichon... Ce foutu brouillard, merde !

*

Les cheveux blonds prenaient des colorations rouges, la robe noire pailletée d'argent, drapée sur les hanches, cintrée à la taille par du cuir tressé, invitait à l'amour, brisait les frontières de la pudeur. Bouche de femelle aux lèvres orangées de rose, murmurant des mots de tendresse, Barbara Benton, micro collé à la bouche, susurrait tout bas *Believing,* confession adressée à un amant invisible. Elle glissait sur place, aérienne, sa cape masquant en partie un corps superbe. Du micro qu'elle semblait sucer, agacer à coups de langue, coulait du miel... *Lieving*... Je crois en toi... croyance impalpable, irréalité du sentiment.

Les yeux injectés de sang ne voyaient que la bouche, ce fruit exotique qui appelait à tant de choses, ne distinguant que le micro, et associaient l'ensemble dans une paillarde obscénité. Marcel Bichon, le cul vissé dans son fauteuil préféré, se foutait de la voix, du message transmis, ne comprenait pas les paroles. Parlait pas british, le Marcel ! Il s'astiquait consciencieusement, se trouvait au terme d'un temps assez long au bord de l'explosion.

Depuis quand Mauricette ne lui avait pas fait la gâterie suprême, l'offrande de ce "fourreau du bonheur" comme il se plaisait à dire ? Mauricette, sa petite femme qui se mourait à l'hosto, l'ordure qui lui avait planté son couteau dans le ventre était encore dans la nature. La justice était mal faite, faudrait revoir tout ça ! quelque chose de plus expéditif. Il était Arabe celui qui avait mis Mauricette dans cet état, Bichon les haïssait tous.

Merde ! Il crachait la purée, le vieux con ! Quelques larmes de semence anémique. Mauricette risquait pas de s'étouffer ! Finis les matins glorieux ! Le drap de lit en forme de toile de tente, avec un seul piquet. Y'avait plus de piquet. C'était une misère. L'existence de Marcel Bichon avait été misérable. Il avait connu Jésus dans une autre vie, celle d'avant la mort du Portugais dont il attendait toujours la visite. Il se faisait son cinéma dans sa tête. Pensait que Jésus avait fait une connerie, que Maria avait déniché l'arme, qu'elle voulait prévenir les poulets, que lui, Jésus, l'en avait empêché, et qu'il l'avait peut-être fait taire définitivement pour les préserver tous les deux, leur belle amitié ne devait pas cesser, leur fraternité d'homme. Ah, Jésus, t'es mon pote !

Au-dehors le vent s'était mis à souffler, faisant vibrer les échafaudages, apportant des relents de tristesse, puis quelques gouttes de pluie vinrent gifler les vitres des fenêtres. Punition divine ? Soudaine colère des dieux de l'Olympe ?

196

*

Des bourrasques d'une violence inouïe s'attaquaient à la Cité. Zeus, Arès, Héphaïstos déchaînaient les éléments, faisant trembler les poutrelles, tentant d'arracher les fixations de la charpente de métal. Éole s'était acoquiné avec le trio céleste pour que leurs trois nouveaux amis puissent accomplir une mission commandée d'en haut. Farid, ange de lumière, était leur pote. Action divine. Parler de vengeance, ça choquerait un jury de cour d'Assises, mais y ajouter le qualificatif de céleste cela les propulserait au rang des dieux. Ils seraient intouchables. Comment pourrait-on poser la main sur Dieu ? Les trois hommes se sentaient légers. Une seule ombre au tableau, Sergio manquait à l'appel. Overdose. Le con ! C'était lui qui avait monté l'opération. Les révélations de Safi et une rapide enquête, dont seuls les gosses ont le secret – ceux de la rue – avaient permis de localiser l'homme qui avait tué Yasmina. Le commando avait pensé à ce que la rue croie à un acte racial. Protégés des Dieux, leur vengeance resterait impunie. Alors pourquoi s'inquiéter ? Avec la complicité du fou qui faisait son possible pour les encourager ici-bas, personne ne les entendrait. L'exécution était en route, dictée par Éole et les trois dieux de l'Olympe.

Bichon venait de fermer les fenêtres. Les rafales étaient trop fortes, elles rabattaient toute la poussière à l'intérieur. Les allergies, il connaissait Bichon ! Il dési-

197

rait passer une soirée en paix avec lui-même et voir Barbara Benton évoluer sur le petit écran. Dans quelques minutes, elle passait dans une émission de variétés. Bizarre tout de même que les ouvriers aient stoppé le travail juste au niveau de son appartement. Coïncidence sans doute, l'échafaudage cerclait la Tour d'un étroit maillage constitué d'étais, de barres stabilisatrices et autres plate-formes en ferraille où n'importe qui pouvait accéder avec une facilité déconcertante.

Le foyer de Mauricette était douillet. Marcel avait chaussé ses charentaises, ajusté ses lunettes de vue, et s'était enfoncé dans son "crapaud", tout près du poste pour mieux y voir, discerner le moindre grain de peau de la chanteuse. Il n'entendit ni les baskets qui évoluaient sur la passerelle, ni le diamant tailler une vitre, celle de sa chambre. Les trois silhouettes, comparables aux cavaliers de l'Apocalypse, apparurent en surimpression sur l'écran où une page de pub venait de remplacer la Benton.

*

À l'Abbaye des Loges, le repas avait été somptueux, servi sur fond de cour et jardin illuminés, service impeccable, prix... non communiqués.

"Non, mon chéri, avait dit la fille, c'est moi qui paye !" Conflit intime chez l'homme, puis le machisme l'emportait, le cœur s'apaisait, le garçon s'emparait discrètement de l'addition, raflait prestement son pourboire. Eh, oui, même chez les grandes toques ! On ne lui donnait pas le même nom. On modulait. On faisait dans le feutré. On était faux un max, ça puait l'hypocrisie ! Avoir des grenades, en faire péter une dans cet aquarium pourri ! Regarder voler en éclats ces hommes-poissons et ces femmes-requins, ces lambris polis et vernis, brillants, propres, trop propres. Toute cette apparence en trompe-l'œil. La face honteuse cachée sous un emballage de luxe.

Elle avait senti ma révolte, n'avait rien demandé, avait souri timidement, murmuré qu'elle éprouvait un besoin de tendresse infini. De mon côté, j'avais pigé ce que son cœur lui réclamait. Nous avions opté pour l'amour fou, l'accouplement intégral, sans mi-temps, comme si demain allait nous déchirer cruellement telle une étoffe trop tendre. Ne pas penser à demain... au temps qui passe, aux saisons, aux naissances, aux premiers cris, aux douleurs, l'âge, les départs, les retours, la fin... Inexorablement. Elle avait refusé de rentrer sur Paris, avait dit que son Jules se foutait d'elle, qu'elle pouvait crever, personne la pleurerait, qu'elle se fichait complètement de lui, cette larve, comme elle le nommait, j'ai cru comprendre "résidu de fausse-couche", peut-être, pas sûr, que j'étais le seul mec qui la faisait bander, qu'elle venait d'aimer, de la pointe des pieds aux cheveux gris-cendré qu'elle adorait. "Je t'ai tout donné, elle avait dit, je ne donnerais pas autant à un prince ou un roi, je ne donnerai plus jamais, à quiconque."

J'ai pris une cassette, au hasard sans doute, nul ne saura. Il y en avait une bonne vingtaine sur le siège passager, sur le tapis de sol, en désordre, jetées là par un sombre idiot, un qui avait piqué sa crise, tout balancé, Mr Eddy mêlé à Joe Cocker, Stomy Bugsy, Thelonious Monk... Je l'ai introduite dans le logement du lecteur de cassettes, un geste naturel, machinal, innocent, un mouvement qui a amorcé un reflet, du gris et de l'or, les yeux de la fille, sur le cadran de ma montre de poignet. Il y en avait une encastrée dans le tableau de bord, à chiffres digitaux, alors pourquoi celle de mon poignet ? Du gris et de l'or, comme ses yeux brillant dans les moments les plus forts.

Le nouveau style rock avait mis le feu au jeu des synthétiseurs et accentué la démence des batteurs. Là, dans l'habitacle confiné de la 19, les souffrances diffusées par la sono éclataient en ricochant méchamment sur les parois, inflexions qui emplissaient le Zénith les soirs d'émeutes musicales, public chauffé à blanc, crescendo de la violence menée à son terme.

Extérieur nuit, intérieur Renault 19, la tire du service. L'homme seul, face à lui-même, était confronté à l'étrange, il ignorait s'il était heureux ou contrarié dans sa solitude. Vers quel destin courait-il, laissant derrière lui la femme aux yeux gris et or ? Incertitude du moment présent. Comment le vivre intensément ? Peut-être était-il satisfait, seul, accroché à son volant. La route défilait sous les roues avec, çà et là, des lumières qui limitaient sa visibilité, autant d'attaques imprévues, de guerriers fantômes, qui s'estompaient rapidement, flashes fugaces irritant la vue. Le ruban d'asphalte glissait à une vitesse raisonnable, occupant son esprit, apaisant son trouble, alors que l'écoute attentive, quoiqu'un peu rêveuse, du jeu subtil et puissant d'Inxs, interprétant *The strangest party* le stimulait, tonique, éclatant, décapant.

D'une légère torsion du poignet gauche, je consultai l'heure, machinalement, jurai tout bas comme si quelqu'un pouvait m'entendre. "Ce con de Balard, juste bon à bosser, à payer le loyer, et à croire au miracle ! Quelle plaie, ce mec !" J'étais seul, seul dans la nuit, mais plein du corps de la fille. Sans en avoir eu conscience, je savais que j'avais fait une connerie, que je venais de m'enfoncer dans la boue, celle de la morale. Noirceur de l'âme qui remonte à la surface, la lie stagnante en eau saumâtre, qui vous emplit la bouche, les poumons, étouffe-chrétien du fond des âges... Je ne pourrais plus... À quoi bon les remords, je m'étais engagé dans une impasse, faire marche arrière passerait pour une lâcheté, s'enfoncer encore, devoir assumer, continuer, continuer était sans doute une veulerie de plus, mais alors... Que faire, merde ! Regarder sa gueule, lui dire... Merde ! Foncer... Dans le mur...

La route se dérobait dans le pare-brise, avec des zones de lumière, des spectres qui peuplaient son esprit, ceux de la Cité. La peur s'empara de lui... Et si mes freins lâchaient... Le rapport indiquerait : défectuosité du système de freinage. Manque de moyens, manque de temps, manque de tout… Le compteur affichait cent quarante. Néant, oubli total des autres, de ma faute, éblouissement, montée d'adrénaline, lâcheté encore, angoisses, fini ! Un léger sourire m'était venu, ma main gauche se déplaça le long du volant, vint se planter dans mes cheveux encore humides de la douche. Effacer son odeur, cette odeur de stupre et de fornication, me laver de tout… Le sourire s'était accentué, légèrement asymétrique, et j'ai éclaté de rire, tout bas, de peur de gêner, comme si je n'étais pas seul, mais un flic, ça n'était jamais seul, ça voyageait avec ses cauchemars, doutait sans cesse, redoutait l'heure qui suivait, ne pas regarder l'image que lui renvoyait le miroir. C'était quoi, au juste, un flic ? Après quinze ans de boutique, j'en savais toujours rien. Le saurais-je un jour ?

Rigueur de la mémoire. Cruauté… Tout était dérisoire et impitoyable.

*

Ce fut Graziani qui les vit le premier, qui aperçut quelque chose dans le noir.

– T'as vu là-haut ! lança-t-il à son équipier, montrant du doigt une apparition invisible.

– Té, fais pas chier, relaxe-toi et ferme-la, tu veux, répliqua le Marseillais qui mastiquait du Hollywood au Cola, la nuque appuyée au dossier et les jambes allongées un max dans la caisse.

– Je te dis que quelque chose a bougé, là, sur la ferraille ! s'entêta Graziani.

– On est là pour mater un vieux con et l'empêcher de
se lever de son lit et tu me bassines avec tes conneries
sorties du dernier Mary Higgins Clark. Tu bouquines
trop de polars, vieux. Ça te fait perdre le sens des réali-
tés, tu vois des trucs partout, alors, dis, eh, lâche-moi, tu
veux !

– T'es borné ou quoi ! C'est juste à hauteur du troisième, c'est à dire chez notre protégé !

– Tu me gonfles, c'est un matou que t'as maté, un
chat en chaleur qui a reniflé une copine et qui va la sauter sous notre pif ! Tu vois bien … Pas de quoi fouetter
un... (Il chercha pour éviter la répétition)... un flic !

Graziani claquait la portière, ignorant la trouvaille de
son co-équipier, lui jetant par la vitre entrouverte :

– J'y vais ! À la première cartouche tirée, tu rap-
pliques, OK !

*

Les rafales faisaient vibrer les madriers métalliques
sur leur boulins de fixation plantés dans les parois de la
Tour. Grazia n'en menait pas large, évoluant dans cet univers entre ciel et terre. Mais son job lui demandait des
sacrifices, Maison poulaga oblige. Il perçut un vague sif-
flement, pas plus fort que ceux émis par les éléments
naturels. Il observa attentivement et distingua deux, puis

trois formes en mouvement. Il ne sut pas si le vent agitait la plate-forme au-dessus où si cela provenait des gus jaillis de l'obscurité. Ils évoluaient comme des singes dans la construction, intouchables, presque invulnérables.

Graziani dégaina son .357 Magnum au canon de six pouces, un flingue redoutable, mais le son des impacts fut mangé par les coups de vent d'une violence inouïe. Il fut saisi par le doute, d'avoir eu ou non des hallucinations, délire passager ou réalité ? Il pensa à ce connard de Marseille qui lèverait pas le petit doigt pour venir l'aider. Avait pas entendu les détonations, l'abruti qui savait toujours tout ! Démerde-toi tout seul, il pensa. Aucun cri de douleur ne lui était parvenu. Il avait tiré un peu au jugé sur des formes mouvantes, terriblement ingambes. Il hésita entre poursuivre les suspects ou s'occuper de son protégé. Il opta pour la seconde solution et enjamba l'appui de la fenêtre ouverte sur l'inconnu.

*

La chambre était vide, noyée dans le noir le plus absolu. La seconde pièce, d'où parvenait une lumière diffuse d'un curieux bleu, celui d'un poste de télé, lui permit de découvrir un corps affaissé sur le bras d'un fauteuil. Graziani chercha le commutateur électrique, tâtonna, trouva et appuya dessus. La lumière jaillit dans le salon-salle-à-manger. L'inspecteur contourna le siège et son estomac se tordit, la nausée monta en lui. Le corps de l'homme était nu, tailladé aux tessons de bouteille, larges coupures grossières, suscitées par la haine, l'hostilité d'inconnus déchaînés.

Les morceaux de verre rougis de sang se trouvaient aux pieds de la victime. Les éclats et les goulots provenaient d'une marque de bière de consommation courante. Des filets rosâtres suintaient de la bouche ouverte sur un cri jamais poussé, une plainte perdue sur des murs sans âme. En approchant de plus près, au prix d'un terrible effort, réprimant cette pulsion qui veut que l'on refuse d'avancer alors que tout vous y pousse, y compris votre propre volonté, Graziani eut un brutal mouvement de recul. L'homme vivait encore, en dépit des tortures infligées à son corps, de la plaie au-dessus de la tempe droite, des ongles arrachés aux deux mains. L'attention de Graziani fut attirée par ce qui lui parut être des objets de couleur blanche, de la taille d'un ongle, tachées d'une coloration plus sombre, rougeâtre. Il tendit la main, une main qui tremblait, et ses doigts se refermèrent sur une substance dure, une molaire cariée à la racine énorme, qui devait être profondément enchâssée dans la gencive. Il en compta six et fit une grimace de dégoût. Graziani s'efforça de ne pas penser aux souffrances endurées par Marcel Bichon. Il s'appliqua à tâter le pouls, trouva très faibles les pulsations cardiaques. Le palpitant de Bichon risquait de prendre des vacances forcées. L'Inspecteur chercha un téléphone. Quelques instants plus tard, il gueulait dans l'appareil, réclamant de toute urgence un SAMU.

11

— Ils lui ont arraché les dents de la mâchoire supérieure, ces salauds ! Il portait un appareil, mais il lui restait quelques chicots avariés, précisait Graziani qui
venait d'avoir les premiers résultats figurant dans le rapport du toubib. Les radios montrent nettement un appareil mobile fixé sur des dents à peu près saines, celles
extraites à la tenaille, une par une, les fumiers voulaient
faire durer le plaisir.

— Selon vous, Grenelle, pourquoi, lui ont-ils tailladé
le visage et le corps ? demanda Dobey qui n'avait pas
l'air dans son assiette.

— Tout porte à croire à une vengeance, Monsieur. Un
châtiment sadique, je vous l'accorde, mais perpétré par
quelqu'un de déterminé. Ils n'ont pas fait dans la facilité.
Une balle aurait suffi...

— Un crime crapuleux pourrait être envisageable,
estima Dobey sans grande conviction.

— Non, Patron, rien n'a été volé.

– Et ces traces de sang, souleva Dobey, une piste peut-être...

– Certainement. Le labo s'en occupe, Patron, ils devraient nous faire part de leurs analyses dans...

Grenelle consulta sa montre, une Lip, héritée de son grand-père, et reçut en plein visage les reflets gris et or, les yeux insondables de Sabine, son corps aux courbes parfaites, le plaisir violent éprouvé à l'Abbaye des Loges...

– Vous rêvez, mon vieux ! le tança Dobey.

– Pardon... Nous aurons la note de synthèse dans une heure, fit-il en reportant son regard sur son supérieur. Quoique, avec Marceau, on ne sache pas si la notion de temps est bien définie, ajouta-t-il.

– Faites pour le mieux, les rigolos ! Je veux votre rapport dans les plus brefs délais.

Ils regardèrent Dobey s'éloigner dans le couloir de sa foutue démarche pataude, ouvrir une porte et la claquer derrière lui.

– Les gars, grinça Grenelle, je veux ces pourris dans les vingt-quatre heures ! Je les veux ! Qu'ils crachent des aveux complets avec leurs motivations. Et... avisez vos femmes pour le non-stop, ça évitera les ennuis !

– On y va, Chef, fit Graziani.

– Prends ce tordu de Marseillais avec toi, qu'il se rachète !

– Je n'ai besoin de rien, sales gosses, fichez le camp !

Clac ! La lourde venait de se fermer violemment sur une mégère acariâtre, coupant à la racine tout dialogue.

Les deux mômes restèrent figés, leurs tennis cloués sur les dalles vertes du palier, au cinquième étage. Puis, leur surprise passée, ils s'ébrouèrent, tels des pigeons apeurés par une présence malveillante, leurs visages d'ados s'éclairèrent et ils partirent d'un grand éclat de rire. Ça soulage le rire, c'est naturel, et ça relâche la tension.

Roberto et son copain Abdelfadil étaient fils d'immigrés et, en tant que tels, ils devaient assumer leurs différences. Ils se trouvaient rejetés par les autres, parfois inconsciemment, parfois par ceux qui refusaient l'intégration, l'immigration clandestine et le vote des immigrés aux cantonales. Le racisme, ils connaissaient. Il était dangereux et abject. Il était latent, polymorphe, plus ou moins avoué, commun à toute communauté. Cette notion avait toujours été le support idéologique des crimes les plus abominables contre l'humanité. La réaction de cette femme prouvait qu'elle avait peur et ce climat de crainte entretenu était néfaste. Faudrait plus lire le journal. Entretien de la trouille au quotidien. Les appartements devenaient des cellules, verrouillées avec une armature de métal fichée dans le béton. On ne sortait plus, on n'entendait plus les cris poussés à l'extérieur, on ignorait tout. Mais Roberto et son pote ne voulaient aucun mal à cette femme qui s'était enfermée avec la peur ancestrale de l'autre, motivée ou non.

Les jeunesses communistes de la Cité les avaient enrôlés, comme de nombreux sympathisants, afin d'organiser une collecte pour la famille de Mamadou, originaire de la Côte d'Ivoire. Les parents émettaient le souhait de voir le corps de leur fils rapatrié au pays. Ils ne disaient pas comment il était mort, mais la plupart des gens du quartier savait qu'il vendait du haschisch à leurs propres enfants. Alors, de quelle façon expliquer leur action, nouer le contact avec des gens réfractaires à toute présence sur le seuil de leur foyer, prêts à prendre des pierres et à lapider l'inconnu qui avait le culot de les déranger ? Les deux gosses s'offrirent un Hollywood à la pomme rouge et se mirent à mastiquer ferme, tout en descendant à l'étage en-dessous, l'angoisse dans la gorge de ne pas être écoutés.

– Z'ont peur de quoi ? fit Roberto à son camarade le Marocain.

– D'nous voir en face, répondit-il.

– Mais … pourquoi ?

– Z'ont peur de nous aimer, laissa-t-il tomber.

*

Roberto et Abdelfadil atteignaient le rez-de-chaussée, après avoir essuyé nombre de claquements de portes blindées, lorsqu'ils furent pratiquement soulevés du sol et collés au mur. Les photos de Mamadou qui devaient être remises aux donateurs s'éparpillèrent sur le dallage telles des feuilles mortes tombées à l'automne, comme ces centaines d'enfants se couchant pour ne plus se réveiller, là-bas, sur le sol séché qu'ils mouilleraient de leurs larmes s'ils en avaient encore. Des semelles les souillèrent tandis qu'une voix éraillée glapissait dans la cage d'escalier.

– C'est eux ! C'est eux ! Arrêtez-les !

Il n'en fallut pas davantage pour motiver les poulets qui n'étaient pas là dans ce but mais pour appréhender l'un des protagonistes des actes de barbarie collective exercés sur le père Bichon.

Tahir Oualah.

Les vérifications opérées par les hommes du groupe de Grenelle permirent aux pros du Laboratoire de Police Scientifique d'analyser le sang découvert sur les échantillons de métal raclés et prélevés sur l'échafaudage et d'en extirper le rhésus. Comparé à celui de Marcel Bichon, il était totalement différent. Sans aucun doute, leurs groupes sanguins s'opposaient. Celui de Oualah était rare. Grenelle et ses "rigolos" avaient interrogé les toubibs, fait le porte-à-porte des cliniques et des dispensaires, des permanences d'infirmiers, dans un périmètre délimité. L'une de ces permanences leur fournit un client : Tahir Oualah. Ce garçon de trente ans était venu se faire injecter en intraveineuse un traitement médical sévère et subir une prise de sang. L'infirmier questionné s'était souvenu de ce cas unique. La fiche avait vomi un nom. Il aurait embrassé l'infirmier, Grenelle, mais cela ne se faisait pas. Ses hommes étaient fous de joie. Ils tenaient presque le type qui allait les mener gentiment à ses complices. Ce fut grâce au père Faugel. Il avait remarqué des taches de sang séché dans le hall et l'ascenseur de la Tour 4 qui le conduisirent sur le palier du huitième étage où habitait avec son épouse, une Européenne, un nommé Tahir Oualah. Les traînées brunâtres s'arrêtaient là. Ces deux informations permirent au Juge d'Instruction de délivrer une C.R. et de lâcher les chiens, de véritables pit-bulls, sur cet os tant recherché. Tandis que les policiers armés jusqu'aux dents investissaient la Tour 4, Roberto et Abdelfadil étaient embarqués dans un fourgon où deux flics à casquette les considérèrent d'un air bovin.

– Jouez pas aux cons ! lança l'un d'eux, espérant les impressionner.

– On faisait rien d'mal, M'sieur, on demandait des sous pour notre ami, Mamadou, qu'est mort, M'sieur.

Abdelfadil tendit à l'un des gardiens de la paix une feuille de papier imprimé avec la photo d'un adolescent, un Black souriant. Le texte qui l'accompagnait était banal, du revu et corrigé à l'identique depuis que les Cités explosaient les unes après les autres sous le regard compassé des décideurs et autres tartuffes qui disaient faire le maximum, mais dont les résultats étaient loin de rallier les suffrages.

– C'est très bien ça, les enfants, de vous préoccuper de la famille de votre camarade, du rapatriement au pays, mais vous ne devez pas oublier d'aller à l'école ! L'instruction dans la vie y'a qu'ça de vrai !

– Je te parie qu'ils sont pas fichus de nous dire où se trouve la Côte d'Ivoire ! se moqua le second qui allumait une cigarette avec un de ces briquets que l'on jette après usage.

– Si, M'sieur, je sais où c'est la Côte d'Voire, répliqua Abdelfadil.

Les deux fonctionnaires de police se regardèrent, incrédules, surpris par l'audace du gamin. Puis, l'un d'eux s'adressa à lui.

– Vas-y, dis-nous !

– C'est très loin, M'sieur, en Afrique... Y'a ...

Abdelfadil cherchait dans sa tête ce qu'il pouvait dire pour épater les flics, pour leur montrer son savoir, que la banlieue n'engendre pas que des tocards, pouvoir être fier...

– Du café... du ... cacao, et encore... du bois de... cajou, je crois.

Son indécision était touchante.

– Décidément, fit l'un des uniformes, celui dont la fumée empestait et qui toussait comme un malade, ils m'étonneront toujours, ces sacrés mouflets !

Une certaine complicité venait de s'établir entre ces hommes, habitués à la rudesse de la vie, sa face cachée, ceux qui se trouvent derrière le miroir, et ces enfants qui

213

s'évertuaient à leur en montrer, espérant une miette de considération, à défaut d'affection, de ce don du ciel qu'ils ne trouvaient pas, même et surtout sous le toit familial, dans un abîme d'indifférence collective.

*

— Tahir s'est enfermé à double tour et dit qu'il est armé, fit Graziani rendant compte à Grenelle de la situation qui, dans l'immédiat, paraissait bloquée. Il veut qu'on lui foute la paix, sinon il tire sur tout ce qui bouge et qui a forme humaine, continuait Grazia. Il est dingue ce mec-là ! D'ailleurs les violences exercées sur Bichon parlent d'elles-mêmes, exécutées froidement... Je dirais surtout bestialement. Qu'en penses-tu ?

— Je pense comme toi, vieux, et je prie pour que cet enfant de pute se rende à la raison et arrête ses conneries. Sa femme est avec lui, demanda Grenelle, tu as entendu quelque chose, un cri, une voix ? Tu sais s'il a des enfants ? Dans l'appart' ?

Au même moment une série de détonations rapprochées leur parvinrent. Oualah venait de franchir le pas qui le séparait de la normalité. Irréversiblement. Quelqu'un dégringolait l'escalier. Andréani, le Marseillais. Il stoppa devant Grenelle et Grazia, tout essoufflé.

Grenelle pensa un court instant : "Il tire sur tout ce qui a forme humaine" en voyant débouler le Marseillais. Il avait peut-être une chance d'en réchapper, l'enfoiré !

214

— Il a flingué une dingue qui passait avec son chien, malgré nos injonctions. Même qu'elle a mordu le brigadier qui la retenait. Elle nous a balancé qu'elle était connue de tous et qu'il pouvait rien lui arriver. Il a buté le clebs aussi, le con ! Il est devenu fou furieux et on peut pas approcher du corps de la vieille car il nous canarde à la "Neke", merde ! Faudrait faire diversion.

*

— Salaud ! T'es une ordure, Grenelle ! Elle m'a dit pour le repas aux Loges et c'est moi, pauvre con, qui ai raqué ! Il partit d'un rire nerveux, incontrôlable. Je t'ai payé à bouffer et tu l'as sautée pour me remercier ! Sabine est une pute puissance deux, ça je le savais, mais tu n'avais pas le droit !

— Bon, dis-donc, Marlowe, ça chauffe là-haut, alors tes états d'âme... Tu mets en veilleuse et faudrait voir à te remuer les fesses ! lança Graziani. Tu régleras tes salades après ! OK !

Grenelle était devenu livide. Il comprenait la déception de Balard, le vide qui l'entourait, l'étouffait, face à la trahison de son supérieur, la rancœur qu'il lui vouait à présent. Sans l'intervention de Grazia, bonjour la merde ! pensa-t-il. Et pourquoi cette conne est allée tout lui raconter, pour l'enfoncer davantage ? Mais les impératifs du boulot passaient avant les règlements de compte. On verrait après. Après... Il fallait donner l'assaut pour déloger le fou furieux du 8e. Sans trop de casse si possible. Ils attendaient une équipe du R.A.I.D.

Les flics les plus proches des deux hommes les voyaient se quereller sans comprendre. Quoique... Ils n'étaient pas dupes... Encore une affaire de cul... Cet intermède n'arrangeait pas les choses. Parler de cette façon à un Capitaine relevait de la discipline, avec punition à la clef. Balard avait l'air de s'en foutre, il continuait d'épancher son fiel, sa haine sur Grenelle.

– Je vais monter lui régler son compte à cet enfant de salaud, comme j'ai mis fin à la vie de l'autre ! Tu pourras plus la baiser, Grenelle ! Finish, vieux, râpé ! C'était rien qu'une pétasse, n'aie pas de scrupules !

Marlowe bondit dans l'escalier, marchant quasiment sur les flicards postés à chaque palier, et gravit les huit étages. Arrivé à hauteur du huitième, il fut empêché de passer par un uniforme. Il dut lui donner une bourrade et faire sauter sa casquette pour le désorienter et en profiter pour accéder à ce putain de palier. Un flic sans casquette était un homme nu ! Sorry, man !

Maintenant il était seul, là, comme un crétin, les baskets collés au dallage coloré et enduit d'un adhésif invisible, façon papier tue-mouches, quelques coulées anciennes qui n'avaient pas réussi à atteindre le vide-ordures. La tête en feu, enivré d'une rage dévastatrice envers Grenelle, envers le tireur, envers Sabine et tous les cons qui lui pourrissaient la vie au quotidien. Sans réfléchir une seconde, il prit sa décision. Il ramena du pouce en arrière le chien du .38 Sp et prit son élan, fonçant sur la porte du dingue.

Marlowe, au ciné du quartier, dans les bouquins de la Série Noire, fonçait sur les malfrats, faisait exploser les charnières de la lourde d'un coup d'épaule, surgissait l'arme au poing, et tout se calmait. À moins qu'un imbécile veuille jouer les héros... Balard-Marlowe s'élançait vers la tanière de Tahir Oualah avec tout son cinéma dans la tronche. Quelques décennies de cinoche à bon marché.

*

Tahir, les yeux fous, pointait son gun sur Maryse, sa femme, lorsqu'il entendit un bruit sec provenant du dehors, de l'autre côté de sa porte. "Les fumiers, ils vont tirer à travers !" À son épouse : "Je vais m'occuper de toi après, ma chérie !" Il se retourna et actionna la pompe de son arme. La cartouche monta dans le canon. Il appuya sur la détente et la détonation claqua, faisant voler en éclats les vitres de l'appartement. Les vingt-huit grains de la Brenneke – du 12 ; 417 m/s.– s'écrasèrent sur le blindage de la porte, la déformant, l'explosant sans la perforer. Tahir, déjà suffisamment perturbé, tira encore deux fois sur cette putain de ferraille pour conjurer le mauvais sort qui s'acharnait sur lui. Alors, il laissa tomber le Mossberg et resta prostré, les bras ballants.

*

Grenelle, qui suivait Balard dans ce fichu escalier de merde, puant l'urine et le graillon, pour éviter le carnage qu'il redoutait, fut bloqué à son tour par les poulets en faction. Il arriva au moment où Tahir Oualah faisait feu. Il vit Balard-Marlowe s'écraser l'épaule contre le battant et pousser un hurlement de douleur. Il venait de se briser la clavicule.

Dans les secondes qui suivirent, l'Inspecteur du groupe des homicides posté dans un appartement en face, Tour 6, à hauteur des fenêtres de Oualah, vit nettement celui-ci se relever, saisir le riot-gun, crocher d'une poigne ferme la nuque de sa femme, la faisant tomber à genoux. Il appuya le canon sur la carotide droite, poussa vers le haut, le cou bien tendu, l'artère prête à éclater sous la tension de la chair. Tel un ralenti de cinéma, l'arme cracha la mort, le visage sembla se décomposer en une myriade d'éclats blanchâtres. La chevelure blondasse se colora de rouge et s'éparpilla sur les murs. La deuxième couche suivit lorsque Tahir enfonça le canon encore brûlant dans sa bouche et actionna la détente.

12

Le bistrot de Saïd était situé dans une rue en impasse, coincée entre le Stade Municipal et la décharge publique, l'usine de retraitement des immondices à ciel ouvert. Chaque jour les bennes venaient déverser des tonnes de déchets. Le quartier empestait mais bien vite les narines des riverains, la plupart du tiers-monde, ne sentirent plus rien. Quand on vit dans les égouts, on s'habitue.

Djéloul se faisait un petit poker au premier étage, en compagnie de copains au chomdu comme lui, vivant dans une forme d'oisiveté marginale, donc magouilles en tous genres. Visage en lame de couteau, yeux noirs, vifs, incisifs, enfoncés au fond d'orbites creuses comme des tombes. Sur ses bras, découverts par le gilet de cuir clouté, un saint, copie conforme de celui inventé par Leslie Charteris, tenait une fourche au bout du bras droit et avait la queue terminée par une flèche. Cinq points piquetaient la peau autour de la tête et de l'auréole du saint. Une croix à deux branches, la supérieure plus courte, surmontée de deux points, était tatouée sur le haut du bras droit de Djéloul.

Djéloul avait tort d'emmerder la Justice avec un grand J et raison de se méfier de ses amis.

*

Durant sa permanence-radio, Graziani occupait son temps aux mots-croisés, en cruciverbiste averti. Il était deux plombes du mat' et tout baignait dans l'huile, lorsque la sonnerie du téléphone l'interrompit. Le mot de six lettres qu'il venait de dénicher dans un tiroir de sa mémoire lui sortit de l'esprit aussi vite qu'il y était entré. Il décrocha le combiné et fit tout bêtement : "Oui, j'écoute".

– Allo ! La pouliss ?

– Oui, permanence de nuit, j'écoute.

Crachotements et bruits de circulation en arrière-fond. Le type qui appelait était dans une cabine publique en bordure d'une artère principale. Accent nord-africain. Il paraissait jeune. Graziani le sentait hésiter. À tous les coups, il allait lui balancer une petite frappe de quatrième zone. Grazia ne savait pas encore que le mec au bout du fil s'apprêtait à lui refiler une information de première bourre. Encore des grésillements, un son plus sourd, probablement un gros-cul qui allait arracher la cabine et le connard qui reprenait subitement vie pour dire :

– Dis, M'sieur, ti l'veux...

– Si je veux quoi ?

– Céli qu'a tué l'vieux.

Bien sûr qu'il le voulait, Grazia, et les autres aussi ! Tout le groupe le recherchait à la trace, le nez au ras du caniveau, pour avoir sa peau. Le Préfet lui-même l'avait demandée, quoique… avec nuances. Diplomatie oblige.

– Tu veux parler du petit vieux de la Tour 3 ! s'exclama-t-il.

– Si, M'sieur. L'est chez Saïd.

– Saïd, c'est où ?

– Rue des Réservoirs. Ti vas trouver, M'sieur !

– Son nom… C'est quoi ?

– Djéloul.

– Je le reconnais à quoi ?

– L'a un gilet avec des clous…

– Djéloul comment ? demanda Graziani, sans trop de conviction.

La friture avait disparu.

L'autre venait de raccrocher.

*

– Djéloul Choukroun, fit le Marseillais, si c'est lui, bien sûr. À Marseille, on racontait sur le Vieux Port et dans les rades de la Canebière, qu'il aurait trempé ses mains dans le bain de sang de la Rue Tubano. Trois macs de seconde zone à qui on avait découpé les parties génitales à vif et fini le travail à la tronçonneuse, l'arme de

221

prédilection des Colombiens. Eh bien lui, Djéloul, il a dépecé au rasoir une pute qui avait seulement tenté de le doubler avec un Black, comme ça, pour l'exemple. J'étais au proxénétisme, à l'époque, dans le groupe Cardoni, et j'étais chargé de procéder aux constatations sur le cadavre. Alors, là, croyez-moi, c'était pas beau à voir !

– Il est malade ce type, fit l'enquêteur Valois, horrifié.

– Ouais, lâcha Grazia, il ressort aux antécédents et son dossier est en béton armé. Un vrai matelas. Tu mets plusieurs pelletées de gravier et t'as sa période adolescent, 16/18 : tentative de vol à main armée, port d'arme, vol tire et vol roulotte, complicité de meurtre et viol avec violences en réunion. Intermède aux Beaumettes. Il se tient peinard jusqu'en fin de peine. Bénéficie de soldes de fin d'année. Il a 25 ans. Là, tu rajoutes quelques litres de flotte et tu obtiens la période 25/28 qui n'a rien à envier à la première : deux hold-up, proxénétisme et séquestration de personne, trafic de stupéfiants et usage, lui valent d'être mis dans la balance de la dette sociale nette d'impôt. Arrestation mouvementée.

Choukroun s'évade au cours d'un transfert. On apprendra par la suite que le plan d'évasion correspondait point par point au code de progression de l'itinéraire confidentiel établi par l'État-Major de l'Évêché. Complicité intérieure, concluera l'enquête. Ils cherchent encore. 28/30 : en cavale. À partir de là, ses exploits représentent la valeur de deux trente tonnes de sable et autant de charretées de métaux divers et variés pour armer l'ensemble. Du béton, je vous dis ! Un beau mec, le Choukroun !

— Rien ne prouve avec certitude que ce soit lui, le doucha Grenelle. Le gus au bigo n'a rien précisé. Mais nous allons le savoir très vite, les enfants. Si nous parvenons à le serrer.

*

Les groupes de Grenelle et de Faroni avaient été reconstitués en catastrophe, sitôt l'appel anonyme reçu par Graziani. Quatre voitures roulaient vers le point rouge, traversant des quartiers interdits aux flics, des rues étroites, bordées de maisons éteintes, sinistres. Ilots de délinquance impossible à juguler. On laissait ce soin aux éducateurs de rue qui accomplissaient une tâche ingrate, mal rémunérée et qui se retrouvaient entre l'enclume et le marteau.

— Stoppe là ! lança Grenelle au chauffeur. Il prit le micro, branché à la radio de bord et lança :

— On y est, les gars, que chacun applique les consignes données au briefing ! OK !

Il rajouta :

— On y va !

Les portières furent refermées en douceur et les Inspecteurs se dirigèrent vers la rue des Réservoirs.

223

– C'est cette fichue nuit que t'es papa ! lança le Marseillais à son collègue Cariou. Il choisit vraiment son moment pour emmerder le monde, l'asticota-t-il, en sourdine, afin de dissiper sa propre tension.

– À huit heures que c'est prévu par le gynéco, à la clinique de la Roseraie. Alors, bonjour l'angoisse, tu vois.

Quelques pas plus loin, il reprit :

– Dis, César… C'est ma première arrestation importante. Tu crois qu'on l'aura fastoche, ce pourri ?

Le Marseillais avait en horreur qu'on l'interpelle par son prénom. Il répondit, méchant :

– Si tu chies dans ton froc, tu retournes au chaud dans la bagnole ! Vu, l'ami ?

Le futur papa-flic ne répondit pas. Il se sentait englué comme une mouche dans cet espace sinistre, faiblement éclairé, méchamment dangereux. Le troquet de Saïd était fermé, le rideau de fer abaissé, mais pour un œil averti on pouvait distinguer de fines lueurs, comparables à celles que diffusent les stores sous le soleil d'été. Ça venait du premier étage.

L'odeur était infecte et, portée par un faible souffle de vent, venait délicieusement chatouiller les narines hypersensibles des flics. Il fallait attendre la sortie de Djéloul Choukroun, car pour l'instant il se trouvait à l'abri, protégé par l'heure légale dont bénéficient en toute impunité ceux que la justice a pour mission de poursuivre.

*

À six heures, le père Saïd releva enfin son rideau métallique, juste assez pour laisser passer l'homme qui se glissa dessous. Petit et grassouillet, il portait un imperméable sans forme et sans couleur. Il s'évapora dans l'obscurité de la rue des Réservoirs.

– Correspond pas au profil de Choukroun, fit Faroni dans son Motorola à l'adresse de Grenelle qui remontait le col de son blouson de cuir.

Une petite bise mordante les pénétrait de partout, transformant l'attente en sueur glacée.

– On poireaute ! répondit Grenelle. Je sais que vous vous gelez les couilles… Fait frisquet, Faroni…

– T'aurais pas un radiateur de poche par hasard, ironisa ce dernier.

– Merde, fais gaffe, Faroni, le voilà !

Là-bas, à une vingtaine de mètres d'eux, une silhouette se coulait sous le rideau de fer de Saïd. Djeloul avait passé un pull à col roulé et portait son gilet à clous. Après avoir jeté par deux fois des regards furtifs à droite et à gauche, il se dirigea vers une Lancia de couleur indistincte, sinon que le capot-moteur était marron, et le reste de la caisse beige-pisseux, bouffée par la rouille. La seule à être garée à proximité immédiate de chez Saïd. Pour l'atteindre, il devait traverser la rue des Réservoirs.

– On le serre avant qu'il ouvre la portière ! gueula Grenelle dans le Motorola.

225

Dans le même temps, il dégainait un .11,43 de l'étui de cuir tressé qu'il portait à la ceinture. Un Scorpion. Pas n'importe quoi ! De la meilleure marque que l'on trouvait sur le marché poulaga.

— Reçu cinq sur cinq, répondit Faroni. Bonne chance à tous !

Tels des chats, les flics s'approchèrent de la Lancia. Djéloul Choukroun savait ce qu'il risquait à chaque fois qu'il mettait le nez dehors. Il avait fait passer le message : "Je découpe vif la larve qui me balance aux flics !" Trop tard ! Il fut plaqué sur le véhicule par une dizaine de policiers. Une mêlée de rugby où chacun avait son rôle. Il se débattit, mais les *cops* se démenaient comme des diables pour le neutraliser. Au cours de cette opération sensible, le Marseillais, voulant maintenir Djéloul Choukroun, son arme à la main, fut gêné par le papa-flic. Le chien de son Python se coinça dans le blouson de son collègue, fut ramené bêtement en arrière, l'arme de ce fait se trouva "en simple action", une pression infime, le doigt appuya sur la détente, la cartouche fut percutée, giclant la mort. La femme qui allait accoucher à la clinique de la Roseraie mettrait au monde un enfant orphelin de père avant d'avoir ouvert les yeux. Triste réalité de la vie. La plaque du monument dédié aux victimes du devoir de la Préfecture de Police allait s'enorgueillir d'un nouveau nom, gravé en lettres d'or et de sang sur la longue liste des flingués en service.

226

*

Les obsèques officielles du Lieutenant Cariou Michel furent expédiées avec le rituel habituel. Le Premier Ministre, la voix grave, ne laissant pas paraître son émotion, fit un brillant éloge de la personnalité du jeune policier, qui manquait peut-être de formation sur ce genre d'intervention dangereuse et musclée, où la moindre faute d'inattention peut vous coûter la vie. Il fut élevé au grade de Commandant de Police, se vit remettre à titre posthume la Citation à l'ordre de la Nation, la Croix de Chevalier de la Légion d'Honneur, la Médaille d'Honneur de la Police Nationale, et la Médaille d'or pour acte de courage et de dévouement, en témoignage de la reconnaissance de la nation. Étaient présents, Place Louis-Lépine, entre la Préfecture de Police et le Marché aux fleurs, outre le Premier Ministre, le Ministre de l'Intérieur, le Préfet de Police et le Maire de Paris.

" Mes pensées se portent vers la famille et les proches..."

La jeune veuve qui avait pris place sous le vaste auvent noir, dressé pour l'accueillir, pleurait doucement, avec douleur et dignité, seule attitude qui convenait à celui qui restait après la mort de l'autre, l'être chéri. Isabelle avait mis au monde au matin de cette nuit tragique un petit Louis, prénom que les époux avaient choisi ensemble. Une vie fichue en l'air en quelques secondes par un geste imprévisible et malheureux. Une

227

couture trop rigide, un morceau de métal qui se prend dedans et le mécanisme avait fait le reste. Fatal.

"Le risque assumé jusqu'au sacrifice…"

La sonnerie aux morts ajouta à la souffrance et à l'émoi de la famille, rassemblée autour de la mère qui tenait et pressait contre sa poitrine le petit Louis. Elle avait souhaité qu'il assiste à la cérémonie, bien qu'il ne pût à cet âge en saisir la signification. Isabelle Cariou tenait quelque chose de son époux, de cet homme qui se trouvait dans le cercueil recouvert du drapeau tricolore, devant ses yeux embués de larmes, là, à deux pas d'elle. Le frère d'Isabelle, accompagné de sa femme, la mère et le père de Michel, les parents de la jeune veuve, le poids de l'agonie douce-amère des vivants.

*

Le groupe Faroni obtint, après enquête de voisinage et des recherches approfondies dans l'entourage et les fréquentations glauques de Djéloul Choukroun et de Tahir Oualah, le nom du troisième homme ayant participé aux actes barbares accomplis sur Bichon. Ils remontèrent jusqu'à Mohamed Ben Zénadhi, qui fut abattu lors de son arrestation par un poulet à la gachette facile, néanmoins en parfait état de légitime défense.

Grenelle lui trouva les traits tirés lorsqu'il pénétra dans la chambre et vit cette petite chose qui émergeait des draps d'une blancheur immaculée. Balard-Marlowe avait flingué Sabine et l'avait laissée pour morte, ce qui avait motivé sa tentative de suicide en service commandé. De grands cernes bistres accentuaient l'éclat de ses yeux gris et or et son visage conservait cet air mutin qu'il adorait. Un savant mélange d'espièglerie et de malice. La pièce était propre et, sur une tablette, on avait déposé un vase orné de mille variétés de fleurs se découpant en relief dans le grès. La disposition du bouquet de roses rouges et de merveilleuses orchidées jaunes et blanches rendait plus avenante la pièce aux murs ripolinés de blanc.

– Tu es en pleine forme, chérie, mentit-il à celle qui le regardait intensément de ses grands yeux ouverts.

– Oui, mon gros loup, je me suis battue contre la mort pour toi, et elle me désirait, la garce !

– L'infirmière m'a conseillé de ne pas te fatiguer. Tu es encore très faible.

– Elle est de très mauvais conseil cette fille-là. Faudra que je lui enfonce dans le crâne de ne pas dire ce genre de choses, ça me diminue, alors que je suis prête à tout casser dans cette chambre où il semblerait qu'on m'ait déjà enterrée.

– Ne dis pas de bêtises, ma chérie.

Grenelle s'était assis sur le lit, tout près de sa poitrine. Il semblait gêné. Fasciné par les roses d'un pourpre magique, il parla, s'adressant à quelqu'un, à ce salaud qui allait se repaître du bien charnel d'un autre, celui qu'il avait volé et envoyé au casse-pipe.

— Marlowe n'a même pas été fichu de nous quitter sans faire d'histoires. Il a fallu qu'il se brise la clavicule en voulant enfoncer cette putain de lourde et qu'il soit porté indisponible sur le tableau de service. Il emmerde tout le monde, quoi ! On devrait pas continuer, ajouta-t-il.

Elle eut un haut-le-corps.

— Pourquoi ? s'étonna-t-elle.

— Il y aura toujours l'Autre entre nous, mon bébé, voilà pourquoi.

— Il a tenté de se donner la mort pour nous, il pouvait pas supporter, tâchons de ne pas le décevoir, dit Sabine en attirant Grenelle sur ses seins et écrasant sa bouche sur celle de son amant.

*

Quartier appendiculaire à seulement deux bornes de la Grande Ville, la Cité respirait faiblement, s'engourdissant au crépuscule. Des reflets rougeâtres embrasaient le ciel, flammèches étirées. L'activité diurne cédait le pas progressivement, seuls quelques soubresauts, nerfs de vie au seuil de la mort, au parvis de la nuit, agitaient encore leurs fils invisibles où se prenaient les nabots, dans une société qui se foutait de leurs compétences, ne valorisant que leur efficacité. Cette même société oubliait déjà Marcel Bichon qui venait de s'éteindre au service de réanimation, Mauricette dans un coma profond, mort clinique pourrait-on dire, Maria et Jésus Da Costa, Farid, Zara, Benmabrouk, Yasmina, les autres, parmi les autres…

Le bruissement des ailes d'une envolée de moineaux troubla le calme de ce lieu de toute éternité. Roberto, le survivant de la Cité du silence, s'était laissé enfermer dans le cimetière. La colère tenaillait ses tripes. Il lut difficilement l'épitaphe gravée dans la pierre tombale.

CI-GÎT NOTRE ENFANT ADORÉE,
YASMINA SADAK, 1978–1995

Roberto fouilla ses poches et en retira un morceau de papier chiffonné qu'il déplia et lut avec douceur, telle une offrande rendue à celle qui se nichait sous la terre, à l'abri. Peut-être par caprice. Facétieuse Yasmina.

Je bénis Dieu de t'avoir créée,
Toi qui as conquis mon âme.
Mon cœur épris ne cesse de t'admirer.
De tout mon être tu es la flamme
Depuis que j'ai subi ton charme
Tout me semble plus joli
Un courage grandissant m'arme
Pour les luttes de la vie

Quand près de moi tu te trouves
Toi que j'aime, mon grand amour
Je ne puis exprimer les sensations que j'éprouve
Tout autour de moi n'est que fumée.

Il leva les yeux au ciel, le regard embué de larmes et jeta ces mots, comme un cri venant du plus profond de lui-même, à la façon d'un reproche :

"TOI QUI ES LÀ-HAUT, TU N'AVAIS PAS LE DROIT DE PRENDRE SA VIE !"

Puis il éclata en sanglots.

Une vieille femme qui venait sans doute fleurir une tombe chère à son cœur le toucha doucement d'une main charitable.

– Faut pas pleurer, p'tit gars, c'est de ton sourire qu'ils ont besoin. Tu oublies qu'ils te voient.

Après avoir hoché la tête, elle trottina dans l'allée où l'alignement des tombes était parfait. Petite chose fragile au milieu des sépultures glacées.

Roberto se souvint de quelques lignes écrites pour une fille délicate, romance de jeunesse, amour impossible, puisque la gosse en question appartenait déjà à un autre. Yasmina n'avait jamais su les sentiments qu'il lui portait. Secret jalousement gardé. Il venait sensiblement d'en modifier la teneur. Il dit à voix basse, c'était sa prière :

232

Pourquoi faut-il que Dieu t'ait prise
Toi que j'aimais follement
Et cet obstacle sans cesse me brise
M'obstinant inutilement
Pourtant je t'aimais mon grand amour
La vie près de toi était un poème
Que je voulais vivre toujours.

Il dit encore :
"SEIGNEUR, RESSUSCITE NOS RÊVES ASSASSINÉS"

*

La poitrine de Roberto le fit souffrir, il crut un instant que son cœur trop gonflé allait jaillir de sa prison de chair, afin de battre à l'air libre. Il ressentit une fulgurante angoisse de mort, comme on le voyait sur l'écran au Ciné du Carrefour : les morts qui quittent en lousdé leurs tombeaux pour sortir respirer un peu d'oxygène et boire une bonne ration de sang chaud. Puis sa colère s'épanouit, gronda, roula comme le tonnerre :

"À vous tous, gosses des Cités, enfants du mépris, écoutez-moi !!!

TOUS LES JOURS JE CRÈVE ! J'AI MAL ! HORRIBLEMENT MAL ! À CROIRE QU'UNE BÊTE MONSTRUEUSE ME DÉVORE DE L'INTÉRIEUR ! JE VOUS QUITTE EMPLI DE HAINE ET D'AMOUR !

DE L'AMOUR QUE J'AI RATÉ ! DE L'AMOUR QUE
JE N'AI PAS EU ! DE L'AMOUR QUE JE VOULAIS
DONNER !
VOILÀ MA PRIÈRE, DIEU DE MISÉRICORDE !
JE LAISSE L'ENFER AUX VIVANTS !"

Le cimetière parut s'animer. Les cyprès, tels de hautes
cathédrales à ciel ouvert, semblèrent bouger alors
qu'aucun souffle de vent ne venait caresser le visage de
Roberto. La colère divine s'alliait à celle de l'enfant. La
dame âgée avait disparu, engloutie par cette nécropole
froide et lugubre. Le soleil continuait à disparaître. L'astre
flamboyant projetait des lueurs rougeâtres qui embrasaient le ciel dans les dernières convulsions de la journée.
Bientôt il ferait nuit, pensa l'enfant. C'est alors qu'il prit
la décision de rentrer chez lui. Il vit avec stupeur que des
tombes s'étaient effondrées, quatre concessions au moins
avaient basculé d'au moins quatre-vingts centimètres,
donnant un aspect bizarre à la travée où il se perdait.
C'était donc bien réel, Dieu avait montré la force de son
mécontentement. Ses parents allaient s'inquiéter, du
moins c'est ce qu'il croyait, ce qu'il désirait, se forçant à
espérer. Les parents normaux se font toujours du souci
pour leur progéniture... Alors, pourquoi pas les siens ?
Pour quelle raison seraient-ils différents des autres ?

Roberto s'assit sur le marbre d'un caveau. Le visage
dans ses mains, il pleura doucement, ne sentit pas le
marbre glacial à travers le tissu de son jeans.

Derrière les murs austères, là-bas, dans un autre univers, du ventre de la Cité surgissaient ces couteaux, les Tours de béton de la Cité du silence.

*

L'enfer est vide,
Tous les démons sont partis.
Ils sont là, dans la Cité,
La Cité du silence…
N'y entrez pas, reculez…
Ne vous arrêtez pas, partez, fuyez…
Vous pouvez peut-être encore…
Leur échapper !…

Hors Noir :

Jacques Albina	*Écluse de sang*
Claude Amoz	*Le Caveau*
	(Grand Prix du Roman Policier
	"Sang d'encre", Vienne 1997)
	Dans la tourbe (La sélection du Festival
"Polar dans la ville" Saint-Quentin-en-Yvelines 1999)	
Daniel Baldit	*Lion d'Argent*
Jean-Yves Berchet	*Jaune banane rouge sang*
	Des choses qui arrivent
	La Piscine Farouk
Christophe Derouet	*Journal d'un tueur vénitien*
	Austerlitz bordée de brume
Yann de l'Ecotais	*Gène de violence*
Robert Gordienne	*La Voix de Dieu*
Claire Legendre	*Making Of*
Emmanuel Loi	*Le Mariole*
Dominique Renaud	*État d'arme*
Jean Rey	*Le Soleil est meilleur à l'ombre*
Christian Souchère	*La Cité du silence*

Hors Texte :

Adamstor	*Les 40 misérables*
Éliane Cariou	*Secouez-vous les filles !*
	Du bon usage des hommes
Nestor Jean	*La Table chaude*
	(illustrée par Olivia T'hée)
Marie-Cécile Picquet	*Neuf mois marathon*
À paraître :	
Marie Khan-Sambath	*Mékong amer*

HC Arts :

Jean-Louis Ferrier	*Authouart*

Achevé d'imprimer en mai 1999
sur les presses de l'imprimerie Durand
à Luisant (France).

Imprimé en France
Dépôt légal : mai 1999
ISBN : 2-910599-43-4